환상수족

문학과지성사에서 펴낸 이민하의 시집

음악처럼 스캔들처럼(2008)

문학과지성 시인선 R 07
환상수족

펴 낸 날 2015년 1월 16일

지 은 이 이민하
펴 낸 이 주일우
펴 낸 곳 ㈜문학과지성사

등록번호 제1993-000098호
주   소 121-894 서울 마포구 잔다리로7길 18(서교동 377-20)
전   화 02)338-7224
팩   스 02)323-4180(편집) 02)338-7221(영업)
전자우편 moonji@moonji.com
홈페이지 www.moonji.com

ⓒ 이민하, 2015. Printed in Seoul, Korea

ISBN 978-89-320-2686-2

이 도서의 국립중앙도서관 출판예정도서목록(CIP)은 서지정보유통지원시스템 홈페이지
(http://seoji.nl.go.kr)와 국가자료공동목록시스템(http://www.nl.go.kr/kolisnet)에서
이용하실 수 있습니다. (CIP제어번호: CIP2015000870)

문학과지성 시인선 R 07

환상수족

이민하

2015

시인의 말

약을 밀매하고 언어라는 부채를 끌어다 사들인 지우개들이여.
나의 꼬리뼈는 루머에 지나지 않는다.
수족을 절단하는 효능에 대해서라면, 그것도 빨간 거짓말.
이제 너희들의 멍에를 풀어줄게.
호수에 빠진 달의 꼬리, 나는 내 몸에서 흘러나온 호수의 딸.
사랑하는 그에게만은 이 첫 詩集을 들키지 않기를 바라며.

2005년 6월

무덤을 옮기려고 관을 다시 짰다
낯선 시간 속에서

사라진 손가락들이 내 방을 옮겼다
낯선 詩間 속으로

2014년 12월
이민하

환상수족

차례

시인의 말

4부　계단을 오르는 사과나무

1부 안개거리와 빵가게 사이

열리는 문: 손가락 사이에서 흘러나온 찢어진 비둘기, 구름을 쪼며 질주하는 잉크빛 혈관

— 이번 역은 전동차와 승강장 사이에 강이 흐릅니다

文에 기대지 마시오

입구

도로 한복판에 머리가 잘린 버드나무 한 그루
가지마다 길이 뻗쳐오르고 털이 많은 녹색 새들이 꿈틀거리
고 있다

흐물거리는 나무의 몸통, 그 위로 사람들의 지문 자국이 뒤
덮고 있다
드문드문 떨어져 나온 나무껍질 같은 손바닥들이 길바닥에
서 뒹굴고 있다

보라색 태양이 벤치 위에 앉아 있고 구백구십구 개의 손잡
이가 여백을 메우고 있다
그리고 깃발처럼 나무의 몸통에 꽂혀 펄럭이는 바짓가랑이

가까이서 보면 왼쪽은 맨발, 오른발엔 낡은 신발을 끼운 검
붉은 바지의 하반신 하나가 가지처럼 뻗어 있다
그는 허리 아랫부분을 나무의 몸통 속으로 마저 밀어 넣고
있는 중이다

나비잠

원형 탁자 위로 물 한 컵을 갖다 놓는다. 나는 오늘도 밤새울 모양이다. 창백한 몸뚱이가 한쪽 벽을 부여잡은 채 놓여 있다. 몸뚱이에서 관절들이 풀려 공중으로 추락한다. 지나가던 사람이 전화선을 타고 방으로 들어온다. 소금알처럼 버석거리는 웃음기가 작동되는지 확인하고는 연기가 되어 창틈으로 새어 나간다. 강을 건너간 사람이 잠시 돌아와 추억을 벗어 말리고 바다로 간다. 몸뚱이에 묻은 발자국들을 기록하던 나는 의자에서 일어난다. 바람의 링거액을 체크하고 천천히 물을 마신다. 그러고는 벽 쪽으로 가 몸뚱이에 묻은 발자국들을 물걸레로 훔치는 사이 몸뚱이는 꿈을 꾼다. 비단실 꿈을 방 안 가득 풀어 헤친다. 나는 쪼그리고 앉아 실타래를 감는다. 가느다란 실 끝을 따라 아침이 온다. 몸뚱이를 아침에게 인계하고 나는 그 자리에 한쪽 벽을 부여잡은 채 누에처럼 눕는다. 누군가 원형 탁자 위로 물 한 컵을 갖다 놓는다. 하늘이 들어오려고 창문을 잡아뜯는다. 커튼이 찢어져 낭자하게 붉은 빛을 뿌린다. 창문으로 빠져나가려고 벽이 약간 기운다.

안개거리와 빵가게 사이

안개의 거리 끄트머리에 모퉁이가 있네
옆구리에 빵 냄새를 겨누고
붉은 피톨을 터는 빵가게가 있네
맛보지 못한 무수한 빵의 종류와
이끼로 뒤덮인 축축한 티비가 있네
종일 생중계되는 수족관이 있네
날마다 여자들을 갈아 끼우는 유리창이 있네
천천히 유리창을 닦다가
주방으로 사라지는 여자들이 있네
안개에 절인 여자들을 곱게 갈아
반죽을 빚는 주방이 있네
문드러진 음부까지 바삭하게 굽는 토스터가 있네
비닐 포장된 여자들을 오토바이에 실어
어디론가 발송하는 하루가 있네
오토바이가 첨벙거리며 횡단하는
샛노란 고름투성이의 저수지가 있네
울렁거리는 새벽비에
나뭇잎들을 토해내는 가로수가 있네

유리창에 튄 녹색 토사물을 씻어내는

오늘 처음 배달된 여자가 있네

여자가 엎드려 닦는 바닥에

기억 속으로 전송된 여자들의 남겨진 핏자국이 있네

그걸 무심히 바라보는 창밖의 여자가 있네

그녀들을 이야기하는 길가의 여자와

그 이야기에 귀 기울이는 길 밖의 여자가 있네

안개거리와 빵가게 사이

길모퉁이가 있네

손을 대면 사라지는 한 칸의 유리가 있네

유리공원

검은 타이어를 신은 사람들이 유리담장 안을 맴돌았네
돌다가 지친 사람들은 고무 타는 냄새를 피우며
벤치에 앉아 이야기를 돌렸네
닳고 닳은 이야기들이 바닥에 떨어져
비둘기의 모이가 되었네
입술이 빨간 비둘기들은 무거운 깃털을 버리고
발꿈치를 들어 눈높이를 조절했네
출구가 어딥니까
허리를 절뚝거리던 사람이 물어왔네
눈이 움푹 파인 남자가 입구를 가리키자
허리를 끊어 손에 쥐고 재빨리 담장 밖으로 사라졌네
시계를 보고 싶었네 입구에 서 있는 시계탑까지는 너무 멀
었고
손목엔 시계 대신 바코드가 찍혀 있었네
출구가 어디예요
머리털이 까만 아이가 고개를 위로 꺾고 물었네
메스를 들고 서 있는 녹색 가운의 나무들이 입구를 가리켰네
수천 년을 건재하던 담장이 잠깐 눈을 내리깔았네

유리가루 같은 바람이 가볍게 흩날렸네
다시 한 쌍의 연인이 입구로 들어왔네
허공에 턱을 괸 나무들과 말미잘처럼 일렁이는 유리담장이
누구의 털이 더 보드라운지 어루만져보았네

토마토

둥글고 붉은 토마토가 있다 四角의 방 안에 있다 한 사람이 옆에 있다 아버지의 안경을 쓴 그는 고개를 돌려 나를 본다 가만히 보니 애인의 얼굴이다 그의 핏발 선 두 눈이 군침을 삼키던 나를 불결한 듯 욕실로 떠다민다 입이 파랗게 허기진 나는 높다란 선반에서 꺼낸 구름으로 입 안 가득 이빨을 문질 러 닦고는 돌아온다 방으로 오는 데 한나절이 걸린다 사람이 사라졌다 둥글고 붉은 토마토가 사라졌다 새하얀 사각의 캔버 스만 놓여 있다 캔버스를 들여다보니 둥글고 붉은 토마토가 거기 있다 나는 캔버스 안으로 들어가 두리번거린다 둥글고 붉은 토마토 옆에 한 사람이 있다 애인의 넥타이를 맨 그는 고개를 돌려 내게 호통을 친다 가만히 보니 아버지의 얼굴이 다 그의 둔탁한 목소리가 군침을 삼키던 나를 불온한 듯 캔버 스 밖으로 떠다민다 나는 왼쪽 모서리에 매달려 안간힘을 쓴 다 캔버스 밖은 낭떠러지다 아득한 곳에서 누군가 다가오는 소리 들린다 그는 내가 매달려 대롱거리는 캔버스를 들고 또 다른 사각의 방으로 옮긴다 몸이 심하게 흔들리자 나는 캔버 스에서 떨어져 끝없이 추락한다 둥글고 붉은 토마토가 함께 굴러 떨어진다 나는 추락하면서 둥글고 붉은 토마토를 걱정한

다 눈을 떠 보니 한 사람이 옆에 있다 아버지의 파이프를 입에
문 그는 고개를 돌려 나를 본다 애인의 빨갛게 익은 혀가 내
입속으로 들어와 아침 인사를 한다 비릿하고 물컹하다 그의
등 너머로 둥글고 붉은 토마토가 보인다 다시 死角의 방이다

처녀들

외벽을 감은 고압선이 덩굴손을 늘어뜨린 늦은 오후
오징어를 굽는 처녀들의 손
바싹 마른 화초를 굽는다
수다를 굽는다
물에 불린 Y를 굽는다
물개수염이 오그라든다 안경알이 젤리가 된다
몸통을 뜯어내고 다리를 찢어발긴다
시계추처럼 끌고 다닌 넥타이를 찢는다
찢어진 무늬 속에서 발라낸 물방울을 톡톡 터뜨린다
머리에서 살이 오르는 무수한 발을 씹는다
오징어를 씹는 처녀들의 입
입 안 가득 비린내가
불거진 오후를 탱탱하게 부풀린다
바람이 창문을 찢고 고압선이 바리케이드를 친다
처녀들이 우르르 세면대로 몰려간다
입을 다문 먼지들이 처녀들 자리를 꿰차고 앉는다
처녀들은 와글와글 입을 헹구고
비누거품이 처녀들의 분비물을 먹어치운다

안경을 벗은 당신,

　참 아름답군요 딱 한 번 스쳤을 뿐인데 양파 같은 눈이 보기 좋군요 끝없이 즙을 짜는 세월의 물컹한 살점이 도려내기 좋군요 당신은 안경을 벗고 나는 창문을 벗어요 당신은 바지를 끄르고 나는 계단을 끌러요 당신은 가랑이를 벌리고 나는 활주로를 벌려요 당신은 혀를 내밀고 나는 비행기를 내밀어요 당신은 내 몸을 올라타고 나는 구름숲을 올라타요 구름숲에는 녹색 투명한 산들이 거꾸로 매달려 자라고 오렌지를 눈에 낀 태아들이 골짜기마다 우글거리고 오백 년 묵은 짐승들의 비명이 으스러져 보드라운 밀가루처럼 날려요 머리끝에서 발끝까지 천 리 길을 온몸의 발굽으로 숨 가쁘게 내달리는 안경을 벗은 당신, 나는 잘게 다져져 물푸레 잎사귀처럼 하늘거려요 구름숲보다 더 멀리 날아다녀요 끝없이 찢어져 날리는 나의 메마른 살점이 당신의 콧잔등을 핥아주기 좋군요 유리알보다 가벼운 나를 쓰고 어디 한번 웃어봐요 안경을 벗은 당신, 양파 같은 눈이 보기 좋군요

꿈꾸는 지하철 3호점

밖에는 비가 내리고 있습니다
우산들이 눈망울을 뚝뚝 떨구며 또각또각 층계를 내려옵니다
문이 열립니다
마네킹들이 깨꽃처럼 웃으며 맞이합니다
모니터를 끼운 눈이 매혹적입니다

청색 선반 가장자리에 다리를 꼰 줄무늬넥타이(1)가 보입니다
먼지가 쌓인 스카프(2)는 살짝 비어져 나온 회색 머리칼을
흔들며 졸고 있습니다
레고로 조립된 교복(3)이 이어폰을 꽂다가 지팡이(4)로 교
체됩니다
바깥에서 뒷모습만 보이는 이들은 모두 쇼윈도를 등지고 놓
여 있습니다
한 세트로 보이는 커플룩(5~6)은 황홀한 표정 연기가 일
품입니다
시간을 탕진하고 싶을 만큼 구매욕을 자극합니다
군복(7)이 불안한 눈빛으로 옆자리를 조준합니다 여긴 품
절인데요

재빠른 파마머리(8)가 빈자리를 꿰차고 나면

탁상용으로 좋은 멜빵바지(9)가 8의 무릎에 곧바로 부착됩
니다

우산들이 선반 사이를 비집고 다닙니다

긴장한 선반이 나사를 조입니다

유니폼을 입은 마네킹들이 7의 팔을 빼 3의 어깨에 끼워봅
니다

1의 품에 9를 박아 넣고는 수군댑니다 근사한걸

4의 정가표 위에 세일 딱지를 붙이고 건전지의 수명을 확인
합니다

폐점 시간입니다

마네킹들이 서로 짖으며 안내 방송을 하고

우산들은 다시 비 오는 거리로 나갑니다

내일은 좀더 단순한 디스플레이가 필요합니다

다양한 각도에 따른 연구가 요구됩니다

문이 닫힙니다

좁은 문

두 사람이 문 안에 있다
문이 조용히 닫힌다
시끄러운 것은 문의 리듬이 아니다

문 안에서 여자와 남자가 소문을 거래한다
두 귀를 발끝까지 늘어뜨린
나는 문과 벽 사이
빈틈을 향해 빳빳하게 곤두선다

문틈으로 비어져 나온
불빛의 면도날에 얇게 저며진 몸으로
종잇장이 되어 숨어드는 순간,

문이 스르르 열린다
미소를 날름거리는 여자와 남자가 한 몸이 되어
허물을 벗듯 시야를 벗어난다

두 사람이 다시 문 너머에 있다

문이 천천히 닫힌다
열려 있는 것은 문의 누드가 아니다

두 사람은 이제 문을 거래한다
문 밖에 갇힌
나는 집채만 한 귀를 아침까지 끌어올린다

먼저 깨어난 새들이 주먹처럼
부리를 오므리고서 귓구멍을 두드린다

야행성

　가슴에서 뿔이 돋았다 전염병처럼 뿔이 번졌다 귓가의 뿔을 머리로 덮고 거울 속에서 나온다 비상용 뿔을 주머니에 넣고 길을 나섰다 발보다 뿔이 먼저 나아간다 뿔을 높이 쳐들고 집들이 물결 위를 둥둥 떠내려간다 기다리던 뿔이 왔다 여름내 핥아주었던 그의 뿔에서 고약한 식초 냄새가 난다 말보다 뿔이 먼저 나아간다 썩어가는 입속의 뿔을 겨룬다 피 묻은 뿔을 쓸어내린다 젖은 손수건이 함께 변기 속에 떨어진다 쉬이익 뿔 하나가 지구 밖으로 떠내려가 밤하늘에 박힌다 ── 여름의 뿔들은 고드름처럼 투명했네 날카롭고 뻐딱할수록 육감적이었네 입을 벌리지 않고 뿔만으로도 우린 키스를 했네 건초 더미 위에서도 뺨이 달아올랐지 사막에서도 모래바람이 면사포처럼 날렸네 햇빛이 넘치면 뿔에서 물방울이 맺혔네 물방울을 모아 솜사탕을 만들었네 낙타들이 우리 사이에 줄을 섰더랬지 뿔을 숨기려고 모자를 만들었네 모자 가게를 떠돌며 있는 모자 없는 모자 닥치는 대로 쓰고 다녔네 가릴수록 뿔은 치솟고 그림자도 괴물이 되었네 잇몸에도 하얀 뿔들이 돋았네 말할 때마다 우린 피가 튀었네 ── 오늘의 마지막 버스가 지나간다 손을 펴 들고 뿔을 흔들자 문이 열린다 졸고 있던 낯선 뿔들이 꾸벅꾸벅 바라본다 차창 밖에는 검은 강물 위로 뿔들이 떠다닌다 버스가 밤새 주워 담는다 마지막 굽이로 꺾어지자 바깥으로 쏠리던 뿔들이 몸을 꽉 끌어안는다 아직 별이 되지 못한 뿔들이 검어져가는 몸속에 틀어박힌다

노란 약을 파는 가게

해변에서 모래밭을 지나 소나무 언덕을 넘어 푸른 약을 파는 가게를 지나면 노란 약을 파는 가게가 있네

바다에는 햇살 가루가 떨어져 내리고 거대한 알바트로스 한 마리가 물결을 타고 앉아 있네

알바트로스는 노래를 부르며 어둠이 새어 나올 때까지 물결을 물어뜯네

뜯어진 어둠 속에서 물풀 같은 그림자 하나가 어슬렁거리다 소나무 언덕을 넘어가네

문이 잠긴 푸른 약을 파는 가게를 지나 노란 약을 파는 가게로 가네

노란 약을 파는 가게에는 약사 가운을 입은 작은 꼬마가 노래를 부르고 있네

노래는 해변에도 있고 노란 약을 파는 가게에도 있네

꼬마는 그림자에게 비파처럼 생긴 커다란 캡슐을 건네네

길 잃은 그림자를 섞어 제조한 캡슐이라네

출구로 나오면 푸른 약을 파는 가게라고 적혀 있네

화살표를 따라 걸으면 지나는 길에 노란 약을 파는 가게가 있네

그림자는 캡슐을 연주하며 문이 잠긴 노란 약을 파는 가게를 지나 소나무 언덕을 넘어 모래밭으로 돌아오네

　넘실대는 물결 위에 연주하던 캡슐을 띄우네

　바다에는 달빛 가루가 떨어져 내리고 거대한 알바트로스 한 마리가 물결을 타고 앉아 있네

　알바트로스는 노래를 부르며 빛이 새어 나올 때까지 커다란 캡슐을 물어뜯네

　노래는 노란 약을 파는 가게에도 있고 해변에도 있네

　그림자가 노래를 몰고 다니네

　노란 약을 파는 가게에서 해변으로 돌아오는 소나무 언덕에서 그림자는 캡슐을 잃기도 하네

　노란 약을 파는 가게에서 해변으로 돌아오는 소나무 언덕에서 그림자는 간혹 실종되기도 하네

잠 없는 잠

비도 오지 않는데 노란 비옷을 입고 있었어요 폭발 직전의 전자레인지처럼 몸이 가열되었어요 햇빛이 유리창에 채찍을 휘둘렀어요 지진이 나는 듯 쩍쩍 눈동자에 금이 갔어요 눈꺼풀로 눈동자를 덮고 잠을 청했어요 창밖은 한여름인데 대야의 물이 얼어 있었어요 아주 먼 데서 핏물이 밴 부리를 매단 까마귀 한 마리가 푸드덕거렸어요 붉은 햇살 한 점을 물고서 유리창을 뚫고 날아들었어요 한쪽 눈알을 들어내 창을 향해 던졌어요 눈알은 유리에 부딪혀 미끄러졌어요 먼지 낀 창틀에서 꿈틀대다 바닥으로 떨어졌어요 까마귀가 눈알을 쪼기 시작하자 다른 까마귀 두 마리가 날아왔어요 남은 눈알을 떼내어 탁자 위로 던졌어요 사진틀 속으로 굴러가는 눈알을 두 마리의 까마귀가 쪼아댔어요 벽에서 붉은 비가 내리기 시작했어요 아주 먼 데서 얼어붙은 깃털을 휘감은 열 마리의 까마귀가 날아왔어요 창밖은 한겨울인데 형광등이 땀을 흘렸어요 눈꺼풀로 눈구멍을 덮고 잠을 청했어요 지진이 나는 듯 쩍쩍 눈꺼풀에 금이 갔어요 눈발이 유리창에 채찍을 휘둘렀어요 파랗게 멍든 까마귀들이 사방에서 튀어나와 침대를 둘러쌌어요 텅 빈 눈구멍으로 쳐다보자 까마귀들은 시간을 삽질해 나를 묻었어요 나

를 삼킨 기다란 지하 동굴이 어디론가 끝없이 기어가고 있었
어요 아침 출근길이었어요 잠은 이미 사라졌는데 노란 잠옷을
입고 있었어요 까마귀 날개가 달린 사람들이 텅 빈 눈구멍으
로 나를 보며 웅성거렸어요 나는 급히 가방을 뒤져 찢어진 두
눈을 찾아 끼웠어요

한 아이가 거울을 보며 울고 있네

한 아이가 거울을 보며 울고 있네

꿈에서 막 깨어난 한 아이가 거울을 보며 울고 있네

벼랑 끝에 서 있던 꿈에서 막 깨어난 한 아이가 거울을 보며 울고 있네

붉은 사자가 달려오는 벼랑 끝에 서 있던 꿈에서 막 깨어난 한 아이가 거울을 보며 울고 있네

여름 해변처럼 타오르는 갈기를 매단 붉은 사자가 달려오는 벼랑 끝에 서 있던 꿈에서 막 깨어난 한 아이가 거울을 보며 울고 있네

모래밭에서 알을 낳는 옥색 치마의 어머니를 집어삼키던 여름 해변처럼 타오르는 갈기를 매단 붉은 사자가 달려오는 벼랑 끝에 서 있던 꿈에서 막 깨어난 한 아이가 거울을 보며 울고 있네

울고 있는 아이가 눈을 뜨는 모래밭에서 알을 낳는 옥색 치마의 어머니를 집어삼키던 여름 해변처럼 타오르는 갈기를 매단 붉은 사자가 달려오는 벼랑 끝에 서 있던 꿈에서 막 깨어난 한 아이가 거울을 보며 울고 있네

중천의 해만큼 키가 자라버린 한 아이가 거울 속에서 혹은

거울 밖에서 울고 있는 아이를 보며 울고 있네

2부 서 있는 의자

앵무새 一家

　날갯죽지가 가려워요 아버지, 초경을 시작한 딸아이가 신문
지 사이로 삐죽이 내민 몰래카메라 탐지기 광고 전단지처럼
어느 날 불쑥 거실 바닥에서 벽으로 벽에서 천장으로 또박또
박 낱말들을 쏘아 올렸다 마지막 낱말이 툭 떨어진 소파 위에
서 아버지는 신문을 접고 일어섰다 잘 접혀져 휴대용으로 좋
았던 딸아이의 목이 뻣뻣해지고 있음에 쓸쓸해하던 아버지는
아무 말 없이 밖으로 나가더니 角이 잘 잡힌 새장을 하나 구
해 왔다 내가 네 생일을 깜박했구나 예쁜 새를 길러보렴 좀
낡긴 했지만 기막힌 선물이 될 거야 날갯죽지가 가렵다구요
아버지, 생일은 두 달 전에 지나갔잖아요 아버지 무릎에 앉아
손톱을 깎던 날 말이에요 내내 궁리하던 아버지는 딸아이의
말이 끝난 식탁 위에 마침표처럼 새장을 단호하게 내리찍었다
작고 예쁜 새를 길러보렴 애야, 날개보다 아름다운 걸 키울
수 있을 테니 너의 흥건한 피로 새장을 꼼꼼히 칠해보렴 그러
고는 아버지는 팔과 다리를 구겨 새장 안으로 들어갔다

아버지는 주무신다

검은색 창문마다 자물쇠를 채워놓고 아버지는 주무신다 붕대를 감은 불빛이 쉬엄쉬엄 붕대를 푸는 동안 만사를 제쳐두고 아버지는 주무신다 가방을 메고 나갔던 내가 가방끈에 목이 묶여 돌아왔는데 아버지는 주무신다 천장에 들러붙는 박쥐들을 마주 보며 두 눈 뜨고 아버지는 주무신다 층계마다 칼이 꽂힌 지하 방에 끈적한 비가 용암처럼 흐르는데 아버지는 주무신다 피를 토한 손수건에서 제라늄이 피었다 지는데 아버지는 주무신다 팔과 다리를 쭉 편 채 방 안을 구르는 링에 끼워져 아버지는 주무신다 이리저리 나의 발에 차이며 아버지는 주무신다 화장실 변기 위 경전 속에 접혀져 아버지는 주무신다 경전을 덮고 열 달 동안 낮잠에 든 내가 산처럼 배가 불러 옷이 터지고 있는데 아버지는 주무신다 벽들이 가구들을 퍼즐처럼 끼워 맞추기 시작했는데 아버지는 주무신다 지렁이들이 기어오르는 벽에 꽝꽝 못 박히며 아버지는 아예 눈을 닫고 주무신다 꿈에서 깬 내가 쭈그러든 알몸으로 허둥대는데 얼굴이 낯선 아버지가 내 곁에서 주무신다 흰 수염이 나의 알몸을 뒤덮고 있는데 아버지는 주무신다 이빨이 다 빠진 내가 구멍 난 입으로 자장가를 부르는데 아버지는 주무신다 요람을 흔들던

나의 손바닥에 불이 났는데 아버지는 주무신다 깨워도 깨워도

아버지는 주무신다 풀이 돋는 내 뼈 위에서 우유병을 입에 문

아버지가 새근새근 방긋방긋 주무신다

새장 속의 혀

하루는 그녀가 머리에 새장을 쓰고 나타났는데요
시장에서 광장으로 이동하는 사람들
햇빛에 타오르는 붉은 깃털을 기다렸는데요

파라솔을 목에 끼운 사람들 속에서
너무 눈에 띄는군! 그녀 옆을 지나던 노인이 귀띔해주었는
데요
그의 머리에선 희고 검은 건반들이 물결쳤는데요

태연히 웃어 보이는 그녀, 새장 창살에 잘린
그녀 입술은 일 센티 간격으로 칼집을 낸 생선 같았구요
입술을 달싹이자 토막 난 혓바닥이 비린내를 내뿜었는데요

사람들은 달아나거나 귀를 막았구요
바다를 건너온 사람들이 그녀의 새장에 매달려 밤늦도록 철
쇄를 감았는데요
입속에서 타다 만 붉은 숯덩이는 목구멍 아래로 침몰했지
만요

다음 날 그녀는 텅 빈 새장을 쓰고 나타났는데요
깃털만을 포획하던 뱃사람들은 몰랐더랬죠
바다 밑 모리셔스, 배꼽에서 혀가 자라고 있었다는 걸

배꼽

── 관계에 대한 고집

화분 속에서 눈을 뜨는 여자

화분 속에서 머리가 반쯤 돋아난 여자

화분 속에서 팔이 쭉쭉 늘어나는 여자

화분 속에서 녹색 벽돌을 나르는 여자

화분 속에서 아이를 한 채 짓는 여자

소리 지르며 소리 지르며 모락모락 김이 나는 여자

아이의 배꼽에 호스를 끼우는 여자

아이 몸에 하나씩 쇠핏줄을 심는 여자

그 여자의 체액을 빨아 먹는 아이

그 여자의 미소를 찢어 먹는 아이

그 여자의 뼈를 발라먹는 아이

그 여자의 눈을 사탕 막대기에 꽂는 아이

그 여자의 뇌에 불을 지르는 아이

불 지르며 불 지르며 무럭무럭 크는 아이

여자의 배꼽에 호스를 끼우는 아이

여자 몸에서 하나씩 플러그를 뽑는 아이

아이의 배꼽에서 여자가 주름투성이 손을 내민다

여자의 배꼽에서 아이가 털북숭이 앞발을 내민다

데칼코마니
— 관계에 대한 고집

물이 뛰쳐나온다 꽃병을 엎지른다

여자 몸을 뛰쳐나온 아이가 물방울 눈을 뜨고 두리번거린다

아이가 기르던 프리지아 한 마리가 바닥에서 꿈틀,

여자를 기르던 앞치마가 싱크대에서 달려와 바닥을 훔친다

오후를 잘게 다지는 도마 위 칼질 소리

텔레비전 채널이 아이의 손가락을 돌리고

아이가 은하철도를 타고 화면 속으로 들어간다

여자는 브라운관에 머리가 낀 아이를 끌어내 무릎 위에 올
려놓고 자장가를 부른다

아이는 쿠션처럼 쌕쌕거리며 잠이 든다

여자는 눈이 내리는 마을로 가는 책 속의 마차를 탄다

책 속에서 담배를 태우러 보라색 입술만 나온다

가끔은 담배가 입술을 태우고 책이 담배를 문다

글자들이 연기를 뿜고 연기가 가구들을 태워버리고

탄내 가득한 천장에서 밀랍 같은 숯덩이가 뚝뚝 떨어진다

맞닿아 있던 여자와 아이의 피부가 까맣게 들러붙는다

수십만 킬로를 날아온 흰쥐들이 숯무덤을 파헤치자

아이의 무릎 위에 여자가 잠들어 있다

흐물거리던 살 껍데기가 옷걸이에 걸려 있다

사진놀이

사진을 찍었다 필름을 화분에 심었다 볕이 잘 드는 베란다
에 화분을 내놓았다 화분 속에서 주렁주렁 사진들이 익어갔다
너무 익은 사진은 바닥에 떨어져 짓물렀다 방 안 가득 단물이
고였다 물컹물컹 사진들이 내 발목을 핥았다 한 달 전에도 사
진을 찍었다 어제도 찍었다 난간에 매달려 찍었다 화분에서
흘러넘친 필름은 창을 향해 넝쿨처럼 뻗었다

출렁이는 필름을 타고 앳된 얼굴의 어머니가 오셨다 여기저
기 셔터를 눌러대는 나를 보셨다 어머니에게 렌즈를 맞추었다
눈을 깜박이던 어머니가 벽에 걸렸다 액자 속에서 어머니는
두 팔을 바닥으로 길게 내리뻗었다 발 디딜 틈 없이 쌓인 사
진들을 비집고 가위를 집어 올렸다 나는 어머니 아래 웅크리
고 앉았다

어머니는 손에 잡히는 대로 사진들을 오려냈다 눈을 감은
어머니는 가위질 솜씨가 대단했다 물집을 도려내자 사진들은
오븐에 구운 것처럼 금세 바삭해졌다 다리가 잘린 아버지가
목이 없는 아이의 무릎에 포개져 방바닥에서 웃고 있었다 감
탄한 나는 자꾸 사진을 찍었다

더 이상 인화할 몸뚱이가 없자 바다 위를 달리는 기차를 찍

었다 벽 틈을 찢으며 헤엄치는 파랑새도 찍었다 심장 대신 램
프가 달린 냉장고를 찍을 땐 눈이 하얗게 탔다 제법 능숙해진
나는 두 눈을 책갈피에 꽂아두고 사진을 찍었다 손가락을 공
중에 매달아놓고 입으로도 사진을 찍었다 토막 난 사진들이
보기 좋은지 어머니는 자꾸 오렸다 눈은 뜨지도 않으셨다 푸
른 날개를 단 반 토막의 기차가 방바닥에서 꿈틀대고 있었다

어머니의 가위질은 멈추지 않았다 밤이 되자 사진들은 분말
이 되어 흩날렸다 어머니의 가위를 피해 습자지처럼 얇아진
나도 허공으로 날아올랐다 창가에서 떠돌다 끈적한 천장에 들
러붙었다 난자당한 사진들 속에 흩어져 있던 나의 눈들이 천
천히 걸어 나와 나를 찍었다

지붕 위의 학교

아이는 탯줄을 끌고 사다리를 오른다
엄마, 양철 지붕이 너무 차가워요
아이는 사다리를 끌고 지붕을 오른다
아가야, 어서 꼭대기에 올라서보렴
뒤꿈치를 들면 어렴풋이 학교가 보일 게다
아이는 지붕을 끌고 꼭대기를 오른다
엄마, 해가 어디로 갔나요
털옷을 가져오고 싶었는데요 팔이 모자라요
아이는 꼭대기를 끌고 허공을 오른다
엄마, 어깨가 고무줄 같아요 손 대신 노트가 자라는 나의 팔
내 몸의 실핏줄을 빨아 먹고 노트는 무섭게 자랄 거예요
자라나 자라나 세상을 뒤덮는 콩나무가 될 거예요
아이는 허공을 끌고 콩나무를 오른다
엄마, 벌레 먹은 콩잎 사이로 발이 푹푹 빠져요
하지만 걱정 말아요 내일쯤엔 학교에 도착할 거예요
애야, 그 말을 들어온 것이 스무 해가 되었구나
우린 한 번도 내일에 다다른 적이 없구나
아이는 콩나무를 끌고 어둠을 오른다

애야, 이제 그만 눈 좀 붙이렴

별빛을 끄고 나면 잠이 잘 올 게다

아이는 어둠을 끌고 은하수를 오른다

그런데 엄마, 거인이 뒤따라와요

흙을 먹고 사는 엄마, 탯줄을 오르지 말아요

물고기 연인

그는 지붕 위에 올라 녹색 루주를 바른다
학교에 가지 않는다고 집에서 쫓겨난 남자
무슨 소용이에요 어머니,
벽 속의 열대어들을 꺼내주는 칠판은 없는걸요
그는 오늘도 내가 준 지폐에 노란 매니큐어로 편지를 쓴다
넥타이를 매다 말고 나는 연인의 지느러미를 만져준다
바닥까지 늘어뜨린 그의 지느러미에서
불에 타다 만 풀 냄새가 난다
지붕 위의 그가 불안해
지느러미를 잡아 흔들어 방바닥으로 떨어뜨린다
편지에 쓴 철자법을 검사하고
스타킹처럼 달라붙는 교복 안에 그를 집어넣고 밀봉을 한다
해 질 녘 돌아와 보면
연인의 끈적한 타액이 여기저기 어질러져 있다
혓바닥이 스친 벽마다 비린내가 슬고 있다
나는 그를 식탁 위에 올려놓고 사료를 준다
그의 혀끝에 달린 플러그를 내 입에 꽂고
그에게 이름을 붙여준다

밤이면 잊어버리는 그의 발음을 입 안의 채찍으로 상기시킨다

연인은 밤새 오물오물 우우거린다

잠들기 전 나는 그의 혀와 지느러미를 둥글게 말아

내 몸 안에 밀봉을 한다

마지막 지퍼인 두 눈을 잠근다

사각의 눈

窓—날개

꿈을 꾸었어요 이카루스, 벽을 빠져나가는 꿈

눈 감지 말아요 이카루스, 다가갈 수도 달아날 수도 없는걸요

천만분의 일도 식지 않는 몸의 열기를 벽에 묻었어요

날개 잃은 당신은 내게 의미 없으니까요

한 치의 미래도 안전한 비행이란 없네

벽에 아랫도리를 박아 넣고 두 손을 철쇄로 감았어요

몸이 조여질수록 멀리 튕겨 오르는 두 눈

사각 창문 너머로 들여다보이는 당신의 날개

창문에 매달려 당신을 보는 천 개의 눈알은

소리도 없이 난사하는 무수한 비명, 하지만 눈 맞추지 말아요

빨갛게 일렁이는 폭포수 같은 머리칼

거슬러 올라와 입술을 깨무는 당신

용수철처럼 늘어지는 두 개의 붉은 혓바닥은

미끄러운 유리벽 위에 엉겨 붙는 두 개의 빗방울

이카루스를 가둔 르동의 사각의 눈과
이를 바라보는 이민하 씨의 사각의 눈

벽―迷宮

벽에 들이댄 쇠망치를 거두어요
오래 버틴 힘으로 벽은 무너질 줄 모르네

오래오래 묵은 힘으로 벽은 몸을 반으로 가르지도 못하네
미궁을 벗어나면 추락일 뿐이지
날개를 탓하지 말아요 끝없는 날갯짓
오르기 위해서가 아니라 떨어지지 않기 위해 필요한걸요
당신을 잃고 싶지 않아 나는 노래를 불러요 배가 불러요
날마다 만삭이 되어요
해마다 벽 속에서 해산되는 탐스런 일곱 아이들
당신을 위한 제물이에요 벽 속을 궁금해하지 말아요
벽은 날개를 삼켰지만 당신과의 안전한 소통을 보장해줘요
눈 감지 말아요 이카루스, 끝없는 열기에 흔들려도
달아나지 말아요 다가오지 말아요
당신의 부릅뜬 눈이 좋아요 당신의 불안이 좋아요

* 반인반수의 괴물을 위해 해마다 7명의 아이들이 먹이로 바쳐지
던 그리스 신화 속의 미궁 라비린토스는 우리 몸속에 여전히 건재
하다. 밀랍으로 만든 날개를 매달고 달아나던 이카루스는 경고를
무시하고 높이 올라 태양열에 밀랍이 녹아 바다에 떨어져 죽음으로

써 영원히 미궁을 벗어난다. (추락을 위한 비상일까, 비상을 위한 추락일까.) 이카루스는 날개를 몸에 붙이고 미지의 세계를 향해 처음 눈을 떴다. 19세기를 통과한 오딜롱 르동은 두 눈에 날개를 달고 두리번거렸다. 또 다른 세기말을 지나온 이민하 씨의 눈은 날개를 버리고 나는 법에 고심 중이다.

낙원

—— 관계에 대한 고집

아침마다 남자는 모닝커피를 끓입니다 카푸치노 분말에 하얀 뼛가루를 섞습니다 침대 위에는 뿌리가 고운 소녀가 놓여 있습니다 길게 구부러진 물관이 남자의 더듬이까지 삼켜버립니다 소녀는 한껏 물이 올라 창 너머까지 단내를 풍깁니다 몸통 중앙부에 박힌 과일은 밤마다 그들의 목을 축이기에 알맞은 당도를 유지합니다 남자는 소녀의 여린 가지부터 분질러 창살을 엮습니다 창살이 붉은 햇빛을 잘라 먹는 사이 남자는 소녀의 그늘 아래 기저귀를 깔고 소녀는 무르익습니다 다디단 과즙을 남자의 입속으로 뚝뚝 떨어뜨립니다 남자는 등껍데기까지 새살이 돋고 소녀는 물러터진 녹색 살점들이 녹아내립니다 끝없이 녹아내려 천장까지 차오릅니다 남자는 허우적대기 시작합니다 소녀의 잔잔한 살결도 조금씩 일렁입니다 팽창하던 뿌리가 프로펠러처럼 소용돌이치자 남자가 급격히 창 쪽으로 밀립니다 창살이 실밥처럼 툭 툭 뜯어집니다 남자가 가볍게 거리로 떨어집니다 지나가던 소녀가 남자에게 기저귀를 채워 데려갑니다

哀人
— 관계에 대한 고집

그는 나를 애인이라 불러요 거미줄 쳐진 내 몸에 집을 짓고 살아요 나는 그를 거미라 불러요 아흔 개의 다리로 옭아매는 그를 무심하게 키워요 그는 나를 불구라 불러요 팔레트에 물감만 뒤섞는 손을 망치로 탁 탁 두들겨 화병 속에 꽂아두어요 나는 그를 마부라 불러요 그의 허리를 감고 창가로 달리면 그는 시커먼 망토로 창문을 불질러버려요 그는 나를 피아노라 불러요 그의 손가락이 닿을 때 이어지고 끊어지는 나의 숨결을 아주 좋아해요 새파랗게 비가 오는 날엔 그와 나의 몸에서 우수수 건반들이 떨어져 내려요

그는 나를 ▌이라 불러요 나는 그를 []이라 불러요 내 몸에서 반음들을 빼먹으며 그는 나를 *사랑해*라 불러요 나는 그를 *몰라*라 불러요 그는 나를 *영원히*라 불러요 나는 그를 *못살아*라 불러요 그는 나를 ∅이라 불러요 나는 그를 ∞이라 불러요 그는 나를 *못살아*라 불러요 나는 그를 *쿠쿠*라 불러요 그는 나를 *안녕*이라 불러요 나는 그를 *사랑해*라 불러요 그는 나를 ⇦라 불러요 나는 그를 ⬅라 불러요 그는 나를 부르기 위해 종일 쫓아다녀요 나는 그를 버리기 위해 종일 쫓아다녀요 서로의 앞모습은 볼 수 없어요

거울놀이

(1)

거울과 창 사이에 몸을 끼워보겠니. 삶은 달걀처럼 구르는 창밖의 햇살. 밝거나 어둡지 않게 드러나는 몸의 습지. 지느러미를 발꿈치에 꽂고 왼쪽 눈을 길게 뻗어볼래. 거울에 이는 파문. 잘게 떨리는 거울의 살 속으로 깊숙이 깊숙이 깊숙이 오른쪽 눈을 집어넣어보겠니. 두 눈을 거울 속에 박아 넣고 아가미를 헐떡여보겠니. 세차게 쥐어짜는 거울의 손아귀. 수돗물처럼 쏟아져 나오는 연어알.

(2)

미지근한 거울 속에 온몸을 집어넣어봐. 몸뚱어리에서 아홉 개의 서랍이, 다시 서랍마다 아홉 개의 작은 서랍들이 열려 달그락거리지. 몸을 뒤집어 엎드려보겠니. 겨드랑이에서 기타를 울리며 뻗어 나오는 쉰네 개의 녹슨 구리줄. 귓속을 후비지. 귀를 잘라 넣고 살며시 서랍을 닫아봐. 다시 서랍들이 출렁거려. 카나리아 모가지가 반쯤 나온 서랍. 재빨리 닫아도 가시지 않는 악취. 두 눈을 찌르겠지. 지우개로 꽉 찬 서랍을 열어. 두 눈을 먹이로 주겠니.

(3)

　오른손으로 왼팔을 잡아 늘여 거울 밖으로 빠져나와볼래.
길어진 왼쪽 팔로 벽에 올라 시계 바늘을 멈춰보겠니. 벽을
타고 내려오면 열대나무로 자란 어머니. 가지마다 자둣빛 성
기를 매달고 있어. 과즙이 흐르는 하나를 떼어 입에 물겠지.
떨어뜨리겠지. 창밖으로 굴러떨어진 자둣빛 석양. 달리는 차
바퀴에 으깨지잖니. 연어알이 분수처럼 치솟잖니. 외벽을 타
고 끝없이 기어오르잖니. 검은 커튼을 드리우고 헤엄쳐 거울
속으로 돌아와보겠니. 오른손으로 벽을 기어올라 시계태엽을
감아볼래. 다시 거울 속에 드러누워봐. 서랍들이 일제히 깊은
잠에 빠지고 있어. 거울의 찢어진 살이 당신을 삼킨 채 아물
고 있는 게 보이니.

녹색 원피스의 여자를 바라보는 옷걸이에 걸린 도마뱀 꼬리들

그녀는 사과를 깎구요
헝클어진 햇살 몇 올 머리털에서 빠져 바닥을 뒹굴지요
그녀는 기지개를 켜구요 사과를 깎구요
똬리를 튼 녹색 껍질 위에 건포도처럼 달라붙은
동공이 먹여 살리는 황금빛
해바라기 암실
그녀는 두 눈을 켜구요 사과를 깎구요
손끝에서 녹색 껍질이 해일처럼 일어나지요
녹색 껍질은 방문을 밀치고 광장으로 뻗어 나가지요
천지에 넘쳐나는 시퍼런 사과향
종탑을 돌아 인디언 마을을 지나 늪을 건너 빙하 계곡을 덮치지요
껍질 끝에서 해일을 타고 한 남자가 들어오구요
방 안이 꽉 차구요
껍질을 씹으며 자라나 공룡이 된 남자
그녀와 남자 사이 탯줄처럼 팽팽해진 녹색 껍질
그녀는 사과를 깎구요 칼을 꽂구요
사과를 찢는 칼끝에 묻어나는 메마른 흰 피

성대가 돌출된 남자가 베어 무는 사과의 속살

그녀의 귀가 두부같이 으깨져요

수돗물을 종일 틀어놓은 욕조엔 철철철 넘쳐흐르는 더운 피

서랍 속에서 잠을 자던 늙은 고양이가 창문으로 뛰어내려요

창 아래 질주하는 덤프트럭 위로

가볍게 떨어지는 깃털 하나

그녀는 몸에서 꽃무늬 껍질을 뜯어내구요

떨어져 나간 녹색 꼬리가 잠시 나풀거리구요

그녀는 하얀 속살을 둥글게 말아

바닥에 봉분 하나를 만들지요 씨앗들이 검게

타오를 때까지 웅크리지요

물렁하던 칼날을 빳빳하게 일으켜 세운 채

거대한 남자는 무릎을 꿇지요

탱크로리

새벽녘 이글루를 빠져나와 나일 강에서 만난 악어 궁전이
따뜻했다고 우겼다

핏빛 렌즈를 낀 열 개의 발가락이 종유석을 겨누고 악어가
죽을 훔쳐와보라며 모래언덕까지 따라왔다고 우겼다

당신을 만났다, 오늘도 달려가는 당신

낡은 교과서를 펼치면 개미알 같은 아버지가 쏟아져 구르고
나는 뒤를 밟았을 뿐인데 등이 굽은 아이들이 채찍을 휘두르
며 내 눈에서 하나 둘씩 빠져나갔다고 우겼다

아버지가 아픈 배를 움켜쥐고 구르는 밤이면 잇몸에서 생살
을 찢으며 피 흘리는 박꽃 같은 이빨이 자라났다고 우겼다

당신을 만났다, 오늘도 굴러가는 당신

아침마다 알람을 맞춰놓은 라디오에서 피가 흘러나와 두 귀
를 적셨다고 우겼다

시시때때로 몸의 중심에서 붉은 석유가 솟구쳐 오르고 이제

막 몸을 푼 어머니가 흘러나와 까맣게 불붙이며 지구 저편으로 사라져 갔다고 우겼다

당신을 만났다, 오늘도 흘러가는 당신

다달이 내 몸을 뚫고 지나는 건 붉은 석유를 실은 탱크가 아니라 탱크만 한 발톱과 탱크만 한 잇몸과 탱크만 한 두 귀와 탱크만 한 핏덩이라고 우겼다

당신이 지나갔다, 당신이 지나갔다고 우겼다
일 년 내내 우겼다 雨期였다

오오 오늘도 雨期거나 말거나 달려오는 당신

서 있는 의자

앉으면 발목을 휘감아 오르는 의자
당신을 휘감고 어둠의 정수리에 오르지
굳은살뿐인 온몸으로 하루 종일 넝쿨을 만들지
담벼락을 빨아 먹는 줄장미처럼 피가 흐르는 의자
앉으면 당신의 몸에 불을 지피지
검은 천막을 얼굴에 덮어 시간의 뒤편으로 당신을 납치하지
나풀대던 두 눈은 발끝으로 흘러내리고
당신은 은박지처럼 구겨져 하룻밤 단꿈에 겁탈당하지
몸을 구기지 않고는 도달할 수 없는 의자
앉으면 물이 되어 바닥으로 흐르지
의자 위에서 물거품 되는 당신의 비대한 모자
흰 염소의 피를 묻히고 돌아온 당신을 통째로 세탁하는 의자
틀니처럼 딱딱거리며 핏물을 탈수하는 의자
당신을 알알이 펴서 포도밭에 널어 말리지
햇살이 죽창으로 생살을 헤집는 날
나무가 된 의자는 당신을 다른 의자에게 대물림하지
태양의 홀씨인 당신이 훌훌 날아가버린
볕 좋은 창가에서 죽었던 의자

새파랗게 죽어서 영원히 사는 의자

토크─쇼
── 관계에 대한 고집

나는 시를 쓴 다음 가까스로, 거의 힘들게, 어렴풋이 발생한다. 나는 시를 쓰는 게 아니라 시 속에 태어난다. 시 속에 태어난다. 시 속에 시 속에 내가 발생한다. 그렇다면 시란 무엇인가?

시는 시라는 장르에 속하는 게 아니라 시라는 장르에 참여한다. 참여한다는 건 속하지 않으며 동시에 속함을 의미하고, 시는 시라는 장르에 속할 때, 말하자면 시라는 장르로 일반화될 때 이미 시가 아니다. 우리 시단엔 이런 의미로서의 귀속, 너무나 시 같은 시, 장르라는 일반의 옷을 입고 행세하는 시들이 너무 많다.

저는 시를 쓴 다음 가까스로, 거의 힘들게, 어렴풋이 증발합니다. 저는 시를 쓰는 게 아니라 시 속에 지워집니다. 시 속에 지워집니다. 시 속에 시 속에 내가 증발하지요. 그렇다면 나란 무엇입니까?

나는 나라는 육체에 속하는 게 아니라 나라는 육체에 참여합니다. 참여한다는 건 속하지 않으며 동시에 속함을 의미하고, 나는 나라는 육체에 속할 때, 말하자면 나라는 육체로 일반화될 때 이미 내가 아니지요. 이 땅엔 이런 의미로서의 귀속, 너무나 나 같은 나, 육체라는 일반의 옷을 입고 행세하는

우리들이 너무 많습니다.

일반화된 시는 시가 아니다. 내가 시를 쓴다는 것은 시에 의해 시 속에서 시를 향해 시와 싸우며 시라는 길 위에서 헤매는 일이다. 헤맬 때 내가 태어난다. 시가 무엇인가를 알면, 도대체 시가 있다면, 우린 시를 쓸 필요가 없을 것이다. 일반화는 모든 삶의 숨결을 죽인다.

내가 생각하는, 내가 쓰는, 내가 쓰면서 생각하는 시는 이런 의미로서의 시가 없는 시다. 시가 없을 때 시가 태어난다. 아아 시가 없을 때 시가 없을 때. 시가 있다면 시를 쓸 필요가 없다. 말하자면 나는 이 시대의 문학이라는 유령과 싸운다.

일반화된 그대도 그대가 아닙니다. 내가 그대를 그리워한다는 것은 그대에 의해 그대 속에서 그대를 향해 그대와 싸우며 그대라는 길 위에서 헤매는 일이지요. 헤맬 때 내가 사용됩니다. 그대가 무엇인가를 알면, 도대체 그대가 있다면, 우린 그대를 그리워할 필요가 없을 것입니다. 일반화는 모든 관계의 숨결을 죽입니다.

내가 기다리는, 내가 연구하는, 내가 연구하면서 기다리는

관계는 이런 의미로서의 관계가 없는 관계이지요. 관계가 없을 때 관계가 태어납니다. 아아 관계가 없을 때 관계가 없을 때. 관계가 있다면 관계를 연구할 필요가 없습니다. 말하자면 나는 이 시대의 죽음이라는 통로를 주목하지요.

무엇이나 말할 수 있는 이 문학이라는 이름이 이상하게도 이 땅에선 무엇이나 말해선 안 된다는 점잖은 인습으로 고착된 지 오래다. 우리 문학이 답답한 건 이런 인습 때문이다. 인습을 파괴해야 한다. 그리고 무엇이나 말할 수 있는 문학이라는 이름에 대한 새로운 자각이 필요하다.

모든 제로의 가능성은 제로의 불가능성이고 이 불가능성이 또 가능성이다. 무엇이나 말할 수 있는 가능성은 무엇이나 말할 수 없다는 불가능성이고 이 불가능성이 또 가능성이다. 나는 시를 쓴다. 아니 산문인가?

무엇이나 소통될 수 있는 이 죽음이라는 이름 또한 이상하게도 이 땅에선 무엇이나 소통되어선 안 된다는 편협한 일상에 감금된 지 오래입니다. 우리 죽음이 우울한 건 이런 일상 때문이지요. 일상을 파괴해야 합니다. 그리고 무엇이나 소통될 수 있는 죽음이라는 방식에 대한 새로운 확장이 필요합니다.

모든 제로의 관계는 제로의 무관계이고 이 무관계가 또 관계입니다. 무엇이나 소통될 수 있는 관계는 무엇이나 소통될 수 없다는 무관계이고 이 무관계가 또 관계입니다. 나는 죽음을 이야기합니다. 아니 삶인가요?

* 인용문은 이승훈의 「시」.

3부 세상에서 하나뿐인 수리공 K의 죽음

산책

몸을 팔아 하얀 꽃바구니를 샀네 골목 어귀 눈에 띄는 담벼락에서 검은 장미를 한 움큼 꺾었네 꺾인 장미는 웃었고 나는 피를 흘렸네 담벼락에 다시 오겠다는 약속을 끄적이고 걸음을 재촉했네 검은 장미는 하얗게 변해갔네 나는 꽃바구니를 검은 색으로 칠했네 바구니에 꽂자 장미는 깃털을 흩날리며 날아가기 시작했네 상심한 나는 꽃바구니에 신발을 담았네 향이 진한 담배도 담았네 뚱뚱한 당신은 담기가 힘들었네 팔과 머리칼이 삐죽삐죽 튀어나왔네 당신을 다시 꺼내 운동을 시켰네 심부름도 시켰네 검은 장미가 피었는지 골목 어귀에 가 보라고 했네 천 일이 지나도 당신은 돌아오지 않았네 골목 어귀에 다시 갔을 때 검은 담벼락에 눈이 부셨네 담벼락을 휘감은 당신의 몸에서 아직 검은 꽃잎이 자라는 중이었네 날아갔던 하얀 장미가 담벼락 아래서 구경하고 있었네 나는 재빨리 들고 있던 검은 꽃바구니를 팔아 몸을 샀네 당신을 한 아름 꺾어 내 몸에 꽂았네 꺾인 당신은 웃었고 나는 피를 흘렸네

세상에서 하나뿐인 수리공 K의 죽음
— 8요일

태초에 삼라만상이 있기 전 지중해만 한 작업실을 가진 난쟁이 K가 있었습니다

제1요일에 K는 산책을 나갔습니다
대지를 둘러보고 바람의 세기를 측정했습니다 46억 년 전의 일입니다

제2요일에 K는 책상 앞에 앉았습니다
도면 위로 구르는 순간 그의 눈알은 부화하였고
그의 식탁은 야위어갔지만 달빛 넝쿨로 출렁거렸습니다

제3요일에 K는 거대한 손수레를 만들었습니다
천천히 도면의 배를 가르고
산과 바다를 꺼내고 바퀴 달린 책을 꺼내고 화살과 모자를 꺼내고 거울을 꺼냈습니다
수백 종류의 꽃과 수천 마리의 짐승들도 손수레에 실었습니다

제4요일에 K는 아직 무게가 없는 손수레를 끌고 다니며
길을 만들기 시작했습니다
황금색 태양의 길이 처음 만들어졌고
그가 땀을 흘릴 때 태양은 그의 모자 뒤에 숨었습니다

제5요일에 K는 길들 위에 고운 모래알로 집들을 지었습니다
산의 집 바다의 집 바퀴 달린 책의 집 화살의 집 모자의 집
거울의 집……
집과 집 사이에도 허공의 집을 세웠습니다

제6요일에 K는 무척 바빴습니다
간혹 빈집이 눈에 띄었으므로 그 집에 들어갈 무언가를 자
꾸 만들어야 했습니다
그러고는 집마다 새로운 이름이 적힌 문패를 달아야 했습
니다
제집에서 살을 찌우고 있는 짐승들을 불러 모았고
그는 아주 많은 그를 복제해야 했습니다

제7요일에 K는 수리공이 되었습니다

길이 수시로 바뀌었으며 집들은 스스로 이름을 짓기 시작했
습니다

K의 텁수룩한 수염 사이로 녹슨 바람 소리가 났지만

떨어져 나간 바다 한 귀퉁이를 눈물을 뽑아 메꾸는 일이나

가파른 비탈길을 갈비뼈를 꺾어 망치질하는 일이나

빗물이 새는 지붕들을 살가죽을 떼어 꿰매는 일 따위

그에겐 아무런 문제가 없었습니다

제8요일에도 무언가를 만들어 집집마다 배달하고 돌아오는
길이었습니다

K는 팔이 아홉 개 달린 짐승의 돌담집에 이르렀을 때

무더기로 핀 맨드라미에 선홍빛 피를 쏟고는 그만 고꾸라졌
습니다

마을 어귀에서 서로 할퀴는 짐승들을 만난 게 화근이었습
니다

살을 찌운 짐승들은 집을 통째로 삼켰고

서로의 담장 너머로 화살을 겨누었습니다

그는 자신의 내장을 모두 꺼내 빚은 반죽을 고르게 분배해
야 했습니다

K가 죽자 그의 몸속을 빠져나온 어둠은 삽시간에 전염병처
럼 퍼졌고

짐승들은 피 묻은 손톱으로 자신을 할퀴기 시작했습니다

그가 제8요일에 만든 건 시간의 생식기였습니다

붉은 꼬리가 있는 풀밭
―― 8요일

길고 어두운 복도 끝에서

붉은 꼬리가 달린 아이 하나가 걸어 나왔어요

작은 창이 나 있는 복도 끝까지 걸어 나오자 창문이 덜컹거렸어요

붉은 꼬리가 달린 아이는 불고 있던 비누풍선을 모아 기차를 만들었어요

기차에서 향긋한 박하 냄새가 났어요

붉은 꼬리가 달린 아이가 웃을 때마다

기차 칸이 고무줄처럼 늘어났어요

기차 칸이 늘 때마다

아이들이 조약돌처럼 생겨났어요

아이들은 자꾸 어디선가 비누풍선을 삽질해 왔어요

주위를 둘러보면 구름이 뭉텅뭉텅 뜯겨져 있고는 했어요

덜컹거리던 창문이 두어 번 발길질을 하자

아이들을 태운 기차는 창을 뚫고 공중으로 발사되었어요

하늘의 융단을 펼치며

레일이 달렸어요 레일보다 더 빨리

바퀴가 굴렀어요

기차가 풀밭 위에 곤두박질쳤어요

아이들이 두서없이 쏟아졌어요 그 순간

바람의 방향이 뒤집혔어요

붉은 꼬리가 달린 아이는 창문을 닫았어요

어두워진 복도가 잠드는 사이

붉은 꼬리가 달린 아이는 가만히 창밖을 내려다보았어요

이번에는 비누풍선 대신

화약으로 기차를 만들어볼 생각이에요

풀밭 위에는 흩뿌려진 아이들 입에서 붉은 꼬리가 싹트기
시작했어요

마술피리
── 8요일

우리는 음악으로 즐겁게
죽음의 어두운 밤을 지나가도다!
── 모차르트, 「마술피리」中

햇볕은 쨍쨍 모래알은 반짝

한 무리의 아이들이 도화지 속으로 걸어 들어갔겠지

백발의 소년이 탕, 탕, 탕, 지팡이로 땅을 내려치자

아이들은 하얀 모래밭에 사이좋게 앉았겠지

엽총이 든 가방을 끄르고 점심을 먹었겠지

양이 안 찬 아이들은 배 속에 모래를 집어넣었겠지

백발의 소년은 바위에 걸터앉아 황금피리를 불었겠지

구부정한 허리에 해가 혹처럼 솟아 있었겠지

숭숭 뚫린 구멍 속에서 흘러나온 자장가가 포도주처럼 도화
지를 적셨겠지

아이들이 하나 둘 하품을 하거나 트림을 했겠지

아이들의 입에서 가시 돋친 고양이들이 튀어나와

물결 속으로 겹겹이 사라졌겠지

아이들은 은종을 울리고 새들이 걸어와 눈을 맞췄겠지

백발의 소년은 돋보기안경을 벗었겠지
눈가의 주름이 나비처럼 나풀거렸겠지
아이들은 엽총 대신 고운 모래를 가방에 챙겨 넣고
깃털의 사냥꾼 밤의 여왕은 예리한 가위로 도화지를 오렸
겠지
아무리 잘라도 소년의 피리 소리는 끊어지지 않았겠지
새와 맞바꾸지 못한 꿀과 사탕이 주머니를 적시고
쌈박한 가윗날이 여왕의 손목을 그었겠지
손목에서 방울방울 아이들이 앵두알처럼 피어올랐겠지
백발의 소년은 탕, 탕, 탕, 지팡이로 인솔하며 황금피리를
불었겠지
여왕은 젖은 손목을 창가에 내어 말렸겠지
구부정한 허리에 모래언덕이 혹처럼 솟아 있었겠지
아이들은 모래언덕 위로 사이좋게 뛰어올랐겠지
여왕이 바스라져 재가 될 때까지
피리 소리 종소리가 지상의 창문들을 불질렀겠지
햇볕은 쨍쨍 모래알은 반짝

자전거와 소나무 숲

솔방울들이 축축 늘어진 솔숲 사이로 바람이 싹둑,
흙 위로 떨어져 나뒹구는 메마른 눈알들

숲가 둑길에는 줄을 지어 내달리는 세 아이의 자전거
지쳐 보이는 오후가 절뚝거리며 아이들의 자전거를 밀고 있
었어

멈추지 않는 아이들의 바퀴
발밑에 뭉개지는 송충이처럼 진물을 흘리는 둑길 위로 바람
이 찰싹,

첫번째 자전거가 도랑으로 굴러떨어졌어
두번째 자전거가 도랑으로 미끄러졌어
세번째 자전거가 도랑으로 흘러내렸어

멈추지 않는 아이들은 도랑을 타고 달렸어
바퀴가 가르는 물길마다 하얀 핏물이 분수처럼 솟아올랐어

해를 삼킨 땅거미가 천천히 내려와
물에 박힌 아이들을 가시처럼 발라내자

첫번째 아이가 뒷모습을 물속에 끌러놓고 집으로
두번째 아이가 뒷모습을 바위에 벗어두고 집으로
세번째 아이가 뒷모습을 둑길에 흘리고 집으로

자전거는 달리고 소나무 숲은 바라봤어
발자국을 더듬는 순간 목질이 되어가는 눈알들

아이들의 뒷모습을 둘둘 말아 나뭇가지에 걸어두고
소나무 숲은 잠시 야간 산책을 나갔어

물 위의 산책

나룻배를 한 척 샀어요
강을 건너는 일보다
굽이를 따라 흐르는 일이 많았어요

내가 자라면서 나룻배는 구두가 되었어요
나는 구름까지 닿았어요

굽이굽이 산천초목을 주머니에 넣고 다녔어요
구두가 망가지면 잠시 뭍에 올라
허리를 굽혀 손질했어요

주머니가 무거워지면서
물결이 하나 둘 구두 속에 잠겼어요
챙이 넓은 모자가 물속에 잠기기 시작했어요

물결을 모아 그 속에서
안경점을 차렸어요 꽃가게도 열었어요
뭍으로 연결되는 계단도 만들었어요

계단을 오르내려도 발자국은 남지 않았어요
어쩌다 찾아오는 빗물도 발톱이 없었어요

우체국이 없는 이곳을 사람들은 찾지 않았지만
눈이 어두운 박쥐들이 수시로 다녀갔어요

가끔은 뭍에서 보낸 고지서가 배달됐어요
맨홀 뚜껑처럼 끄응끙 봉투를 뜯으면
마르지 않는 시간의 폐수가 까르르 쏟아졌어요

나는 나룻배 대신 내 몸을 조금씩 지불했어요
내 몸은 점점 가벼워져
소문이 되었다가 전설이 되었어요

둥근 달이 물의 살갗을 물어뜯는 밤이면
나룻배를 샀어요
내 몸을 조금씩 지불했어요

사소한 새벽

할머니, 화장은 왜 하셨어요, 어딜 급히 가시려고 빨간 루주가 어색한 줄도 모르고 문을 열고 바람을 맞고 계세요, 화장 고치는 건 사진 속의 꽃 가꾸는 일보다 쉬운 일이잖아요, 아파트 화단만 지나면 벌통처럼 북적거리는 시장엔 왜 며칠째 안 가시는 거예요, 할머니가 그어놓은 앨범 속의 빨간 줄들은 색이 바래지도 않는데 색연필 잡을 힘조차 없다는 듯 웃으시고는 왜 텅 빈 냉장고는 닦고 계세요, 엊그제 꿈에 할아버지랑 함께 떠나는 택시를 멈춰 세웠던 내게 잘했다 하셨잖아요, 간밤의 꿈엔 왜 또 오셨어요, 밤잠을 떨치며 화장은 왜 하셨어요, 전화 소리 천둥 칠 때마다 귓불이 파랗게 멍들었잖아요, 베란다에 숨겨놓은 신발 내놓으라 하실까 봐 종일 창문을 악물었잖아요, 당신은 化粧을 하고 나는 火葬을 하는 끝없는 얼굴 끝없는 새벽인데 서둘러 무엇하게요, 백합같이 잠들던 엄마 흉내는 저도 이제 시시한걸요, 사진들 속에 지는 당신의 눈물꽃 바람에 날려오면 알맞게 무른 신발을 내드릴게요, 허공의 색깔엔 바람의 붓질만이 닿을 수 있게 사소한 바람이 먼저 두드릴 수 있게 오늘은 문 두드리지 말고 그냥 가세요, 어색한 빨간 입술 좀 제발 고치세요, 화장 고칠 시간은 충분하잖아요,

들어가는 사람

십자로 칼을 꽂은 교회 첨탑 위에 올라 어머니가 끊어진 무지개를 수리하는 동안 무거운 몸뚱이를 톱질하는 사람, 너덜너덜 토막 난 몸으로 냉장고 문을 열고 들어가는 사람, 딸기쟁반 사이로 종이입술을 끼우고 이마에서 대롱거리는 열두 개의 눈알을 뽑아 얼음 박스에 담는 사람, 시클라멘처럼 벌어진 상처, 꽃술에 포르말린을 바르는 사람, 새로 끼운 눈알에서 얼음물을 뚝뚝 흘리며 지붕 위를 천천히 거니는 사람, 오지 않는 어머니를 마중하는 사람, 가지도 않는 어머니를 배웅하는 사람, 닭털 같은 그림자들을 발목에 매달고 방으로 들어가는 사람, 문에서 문으로, 서랍에서 서랍으로, 손자국으로 짓무른 창문을 닫고 첫눈이 방영 중인 티비 속으로 들어가는 사람, 자막이 되는 사람, 자막이 되어 출구를 타진하는 사람, 누군가 리모컨으로 휙휙 돌리는 기억, 절단된 언어를 매달고 피아노 속으로 뛰어드는 사람, 공기 중에 소리를 발사하는 사람, 무지개를 폭파하는 사람, 들어가며 들어가며 시한폭탄을 제조하는 사람, 터뜨리는 사람, 나르는 사람, 기차가 되는 사람, 기차가 떠나는 8요일을 기다리는 사람,

20031010

어느 여름 세상을 떠난 마그리트의 *기억*과

그해 겨울 세상에 나온 민하 씨의 마네킹 사이에

내 의자가 있다.

시계를 목에 끼우고 멘스를 줄줄 흘리는

마네킹 M.

나는 과잉 분출된 그녀의 분비물을 시선에 담아 객석으로

나른다.

오늘은 우리 모두의 생일.

안녕,

서로의 환생을 축하하며

두 *개의 유리알* ― 숨쉬는 눈과 숨죽인 눈이 폭죽을 터뜨

린다.

암전된 무대 위로 베스 기븐스의 앙상한 음색이 드러나면 민하 씨는 천천히 링거액 같은 조명을 떨어뜨린다.

하얀색 잠옷을 걸친 마네킹의 종아리에 매달리듯 네모난 새장이 바닥에 납작 엎드려 있다. 마네킹의 머리 부위엔 시계추가 정상 작동하는 원형 시계가 얹혀 있고, 새장 안에는 시침이 정지한 조그만 탁상시계가 들어 있다.

톰 요크와 아이단 모팻이 축하곡을 릴레이하는 동안 마네킹 옆 한 걸음쯤 물러난 뒤쪽으로 민하 씨가 의자에 앉아 時를 낭송한다. 마네킹의 왼쪽 소매와 그녀의 왼쪽 손목이 긴 링거 줄로 묶여 있다.

피 흘리는 석고상을 옆으로 치우며 르동이 날개 달린 머리를 펼쳐놓는다. 벡신스키도 부둥켜안은 해골 한 쌍을 생일 선물로 건네준다.

지루한 듯 관객을 구경하며 민하 씨는 왼손을 들어 커피를 마신다. 치켜든 손목에 묶인 가느다란 줄이 톱날처럼 반짝인다.

에릭 사티의 피아노 선율이 톱밥 가루처럼 날리면서 무대는 다시 어두워진다.

엔딩 크레딧

Portishead_Mysterons
René Magritte_La mémoire(1942)
Thom Yorke & UNKLE_Rabbit in your headlights
Odilon Redon_The fall of Icarus(1876)
Arab Strap_Last orders
Zdzislaw Beksinski_Untitled(1984)
Erik Satie_Gnossienne No. 2

사람들은 아직 방전되지 않은 눈을 헐떡거린다.
암실을 통과한 두 개의 유리알,
상처 난 눈과 상상하는 눈을 전구알처럼 갈아 끼우는
우리의 모든 날은 생일이므로.
어제의 시체를 파먹고 시간을 수혈하며 날마다 태어나는
마네킹 M.
안녕,
서로의 명복을 주고받으며

생일 축하해. 생일과 함께 시작되는

기억의 멘스.

* 두 개의 유리알 ─ 숨쉬는 눈과 숨죽인 눈: 「읽기의 방식전」(쌈지스페이
  스, 2003.) 참여 당시의 퍼포먼스 제목.

* 사진 속의 그림은 르네 마그리트가 '기억'을 주제로 그린 연작들 중 하나.

키스

붉은 빙산을 떠받치고
마른 성냥을 그어대는 두 개의 분화구
오른쪽엔 바다로 가는 계단, 왼쪽엔 용암에 타는 나무
찢어질 듯 양 날개로 헤엄치는
목 잘린 나비 한 마리

램프

절벽 끝 날개를 파닥이며 거꾸로 매달린 여자와
바다를 밟고 선 세쿼이아처럼 목이 늘어난 남자

여자의 목덜미에서 흘러내린 청동구름에 싸여
꼬아 올린 남자의 혀는 석웅빛 어둠에 젖어 있다

사방연속물결무늬

제단 위에서 내려온 여자가 유리구두를 벗고
바다 끝으로 달려간다. 바람을 찢고
되돌아오는 발굽 소리. 축제는
자정에 시작한다.
이빨이 자라는 손가락 위에 노란 장갑을 씌우고
노란 리본으로 얼크러진 갈기를 동여매던 여자는
바다 끝으로 달려간다. 바다 끝에는
동그란 창이 세 개 나 있다. 여자는
집시들의 공장에서 사 온 기타 줄로 배를 가르던 청어를 끌고
바다 끝으로 달려간다. 달려가
첫번째 창을 오른쪽 눈에다 끼운다.
남자를 꽂은 틈새에서 무화과나무 잎사귀가 뻗쳐오를 때도
여자는
바다 끝으로 달려간다. 달려가
두번째 창을 왼쪽 눈에다 끼운다.
여자는 손가락을 뾰족하게 깎아 물을 찍어 그림을 그린다.
그림을 그리는 동안 계절은 바뀌지 않는다.
다섯 달 동안 날이 가물어도 안개조차 스미지 않는다.

한낮의 늪지와 밤의 불기둥을 지나 여자는

바다 끝으로 자꾸 달려간다.

세번째 창은 유일하게 하늘을 향해 있다.

여자는 또 그림 한 장을 세번째 창 너머로 던진다.

석양에 소각되는 물의 정거장.

그림을 빠져나온 물이 쏟아져 내린다.

주룩주룩 풍경을 지우며 화살을 박는 빗줄기.

온몸을 뒤집는 바다.

여자는 청어와 남자와 무화과나무를 싣고 수평선을 끌고서

또 다른 오늘로 넘어간다.

축제는 시작되지 않는다. 끝나지도 않는다.

자정은 영원히 오지 않는다.

사라진 지도

맨땅에 지도를 그리고 있는데
머리가 푸른 여자아이가 걸어와 곁에 쪼그리고 앉는다
아이가 건네는 수면제를 바닥에 흘린 채
나는 산맥과 강과 섬을 마저 그려 넣는다
지도 속의 길 위로 구름이 흐르고
구름이 흐르는 속도만큼 손톱이 자라나기 시작한다
나는 뭉개진 발가락을 개어 벽을 쌓고 손톱을 벽에 문댄다
닳아진 손톱의 가루가 눈처럼 쌓여간다
그 위에 녹색 지붕을 얹는다 나직한 풍경 소리를 매단다
그사이 아이가 보이지 않는다
산맥과 강과 섬과 돌멩이 하나까지 샅샅이 뒤져본다
지도에는 발자국이 없다
사라진 푸른 머리칼을 쓴 할머니가 내 곁을 지나다 멈추어
앉는다
지도 속에 손 하나를 빠뜨린 채
나는 할머니 곁에 쪼그리고 앉는다
할머니가 흙을 주물럭대자 손끝에서 밀가루 반죽이 된다
맛있겠지, 잔잔히 미소를 건네는 할머니 입술이 도넛처럼

향기롭다

할머니 무릎 아래까지 작아진

나는 턱받이를 목에 두른 채 보채지도 않고 웃고 있다

너를 넣어 빚을 거야, 할머니는 콧노래를 하듯 주문을 왼다

내 옷에서 단추가 빗방울처럼 뜯어져 내린다

산맥과 강과 섬이 차례로 지워진다

할머니가 사라진다 맨땅에서

손금이 새겨진 선인장 하나가 꿈틀거린다

가벼운 탄주
—— 아침의 나라

손가락 사이에 낀 머리칼, 안개처럼 날려요, 피 묻은 크림
색 원피스를 빠는 당신, 무슨 걱정이에요, 허벅지 사이로 달
려드는 당신의 오토바이, 더 높은 소리로 바이올린을 켜는 나
의 키위, 병원에는 보내지 말아줘요 당신, 돛폭처럼 펄럭이는
두 귀로 걸어다니는 일이 쉬워졌어요, 부러진 손목으로도 악
기를 연주할 수 있어요, (아아 아름다운 아침이군요.) 자낙스가 바
닥난 날, 나는 벽 속으로 들어가요, 날개를 숨겨둔 그곳에는
눈에서 빗물을 흘리는 노파가 나를 타고 앉아 있어요, 내 몸
의 시든 꽃가지들을 똑똑 따 먹으며 노래를 불러요, 귓속에선
구더기처럼 새싹이 꼬물거려요, 어깨로 가슴으로 넘쳐흘러요,
(아아 아름다운 아침이군요.) 해가 앵무새의 내장을 바른 샌드위치
를 배달하는군요, 역겨운 비린내에 비틀거리던 비위, 당신의
팔뚝만큼 근육질이 되었어요, 물어뜯을수록 살점은 고무 맛일
걸요, 거리의 굴뚝마다 인육 냄새가 피어오르구요, 길가 꽃들
은 피보다 붉게 타올라요, 혈흔을 빨아들이며 달리는 구름,
더 세게 달려봐요 당신, (아아 아름다운 아침이군요.) 채찍이 스칠
때마다 얼어 있던 유리창이 소리를 내요, 발가락 사이 물갈퀴
마다 주삿바늘을 찌르는 당신, 그 어떤 대화보다 설득력 있는

고백인걸요. 쇠사슬을 좀더 조여봐요. 당신도 늙었나요. 힘이 예전만 못하군요. 당신을 위해 준비한 냄비. 식욕을 잃으면 안 돼요 당신. 심장 졸인 냄새가 크레졸 같아요. (아아 아름다운 아침이군요.) 햇살이 몸을 찢고 파이프를 박아 넣어요. 앵무새 즙이 파이프를 타고 몸속에 퍼져요. 목까지 출렁이는 앵무새 울음. 더 높은 소리로 바이올린을 켜는 나의 키위. 솔잎처럼 파릇파릇 목청이 돋는 아아 아름다운 아침이군요.

---

* 자낙스Xanax: 항불안제의 일종.

가벼운 탄주
── 화살의 나라

당신은 이 나라의 덕망 있는 군주. 창밖으로 아침마다 화살을 날려 세상의 안부를 묻지요. 양 떼처럼 견인되는 한 무리의 사람들이 체리나무가 되어 난로가 되어 당신의 머리맡을 감싸지요. 당신은 이 나라의 덕망 있는 군주. 부풀리고 주무르는 천부적인 소질로 역사의 냉동육을 떼어 오븐에 넣고 가열하지요. 철벽을 두르고 잠이 든 당신의 몸에서 돋을 때마다 뜯겨 나가는 초록 이파리. 현무암처럼 파인 몸을 화살로 치장을 하는 당신은 그래도 이 나라의 덕망 있는 군주. 오오오 부끄러워 나는 하프를 뜯지요. 한때 황금침대를 함께 쓴 이유로, 당신의 악취 나는 속살을 들춘 이유로 눈을 뽑히고 혀를 잘린 나. 달빛 아래 숨어서 흰개미처럼 잠들지요. 암록색 강을 건너고 검은 산맥을 타 넘어 멀리멀리 땅속 유배지로 함께 떠나는 나의 알들. 아버지인 당신은 이 나라의 덕망 있는 군주. 참수당한 혀들의 옥토 위에 쌓아 올린 덕망의 탑으로 하늘을 찌르지요. 애무하는 나부들의 다리처럼 뻗은 탄탄대로 위에 건설되는 장밋빛 법전. 화살을 목숨보다 사랑하는 당신은 그래도 이 나라의 덕망 있는 군주. 오오오 가엾어 나는 하프를 뜯지요. 당신이 복제한 어린 군주가 빨대처럼 화살을 꽂고 밤마다 유통기한을 확인하는 당신의 영토. 지하에 사는 우리의 수명은 그보다 길지요. 더 잃을 눈이 없는 동굴 속에서 투명한 얼음눈을 뜨지요. 공기처럼 가벼운 하프를 타고 못 가는 길이 없지요. 당신은 여전히 이 나라의 덕망 있는 군주. 당신의 화살에 빛나는 눈을 잃었지만 두 손은 나날이 가벼워져 우린 밤마다 하프를 뜯지요. 꽃대보다 푸른 손가락이 자라는 혈관을 뜯어 방방곡곡 뿌리지요.

히프노스의 나무상자

온몸이 충혈된 석류알들이 있다 궤짝 안에
온몸이 구멍 난 슬리퍼가 있다
슬리퍼가 시장 어귀에서 물고 온 고등어 비린내가 있다
궤짝 안에 젖은 빨래 같은 축축한 바람이 서로 엉켜 뒹군다
허기진 잠이 그 위를 덮친다 카스텔라처럼
달빛을 뜯어 먹는 첼로가 있다 궤짝 안에
첼로를 켜는 흰 수염의 소년이 있다
궤짝 안에 소년의 손가락이 물비늘처럼 흐르고
궤짝 안에 바닥에 뭉개져 질펀하게 들러붙는 오래된 사탕들
이 있다
사탕의 늪에 푹푹 빠지는 야자수들이 있다
야자수를 기어오르는 지렁이들이 있다
지렁이들이 글자로 박히는 노트가 있다 궤짝 안에
태워도 태워도 사라지지 않는 백지 공장이 있다
태워도 태워도 사라지지 않는 새벽 공장이 있다
왕좌 위에 앉은 늙은 닭의 울음소리가 오늘도
새벽 공기를 활활 태우고 있다
궤짝 안에 모르페우스가 쓰다 버린 도끼가 있다

숨겨둔 나의 포도원이 있다 송이마다 열쇠가 주렁주렁 달려
있는

궤짝 안에 타히티 섬으로 통하는 문이 있다

길을 막는 야자수마다 도끼로 찍으며

들어가도 들어가도 끝이 없는 궤짝이 있다

4부   계단을 오르는 사과나무

H

　　m은 내 이름, h는 그대 이름 내 이름, 등 푸른 올가미, 날
카로운 산소, 목에 걸려 칵칵거리다 찬란한 유월의 노예시장
에 가서 살굿빛 목젖을 팔았는데, 겨자색 구름이 되어 돌아왔
는데, 울지 마 울지 마, 그대 눈물은 부패하지 않는 유리 지느
러미, m은 몸 h는 혀, m은 무덤 h는 하늘, 흐르다 고인 내
무덤에 붉은 루머 한 송이로 피어주겠니, 죽어도 죽지 않게
지켜주겠니.

환상수족

마네킹이 모퉁이를 돌아간다. 텅 빈 소매가 나풀거린다. 타
닥타닥 보도블록에 무릎뼈가 닿을 때마다 두 귀가 바닥으로
흘러내렸다. 지나가던 사람들이 분홍색 살점을 떼어 마네킹의
무릎뼈에 붙여준다. 마네킹은 목을 꺾지도 않고 또 다른 모퉁
이를 돌아간다. 공원을 가로지를 때 나무 그늘에 쪼그리고 있
던 앉은뱅이 소년이 튀어나왔다. 소년을 따라 물고기를 닮은
계집아이가 돌멩이를 던지며 튀어나온다. 다시 보니 계집아이
는 가슴살을 뜯어 소년에게 던지고 있다. 마네킹은 또 다른
모퉁이를 돌아간다. 앞에서 마주 오던 검은 구름이 말을 걸었
다. 마네킹은 쓸모없는 구두와 장갑을 팔러 정육점에 간다고
대답했다. 네겐 구두와 장갑이 보이지 않는걸. 구름이 가던
길을 되돌려 뒤따라왔다. 마네킹은 아무런 대꾸 없이 또 다른
모퉁이를 돌아간다. 길가 벤치에서 잠을 자던 노파가 마네킹
을 보고 알은체를 한다. 노파의 아가미에서 비린내가 났다.
군데군데 살점이 뜯긴 축축한 몸을 소나기가 파먹고 있다. 넝
쿨 같은 비가 마네킹을 덮쳤다. 마네킹은 얼굴에 들러붙는 나
뭇잎을 뜯어내려고 손을 뻗친다. 이마에서 두 팔이 뻗어 나와
공중에 흩어진다. 마네킹은 연기처럼 찢어지는 두 팔을 보며

서른번째 모퉁이를 돌아간다. 뼈끝에서 살이 찌는 구두와 장갑이 무거워 횡단보도 앞에 잠시 멈춘다. 문이 닫히기 전에 정육점에 가야 한다. 차도에는 질주하는 바퀴들이 핏물을 튀기고 있다. 마네킹은 목을 꺾어 뒤를 돌아본다. 사람의 앞면을 지닌 마네킹들이 걸음을 재촉한다. 타닥타닥 뼈 부딪는 소리가 바닥을 질질 끌고 모퉁이를 돌아간다.

* 환상수족phantom limb: 사고나 수술 등으로 수족이 절단된 후에도 없어진 부위가 아직 존재하는 것처럼 느껴지는 증상.

Sand-wich

trance

거리 한복판에 모델하우스.

빈혈을 앓는 낙타처럼 횡단보도를 건너지 못하고 쓰러질 듯
서 있다.

갑자기 술렁거리는 인파.

누군가 불꽃을 수혈하고 있다. 노랗게 불에 젖는 모델하우스.

여자는 끌려가듯 다가간다. 눈이 감긴다.

불길을 상하좌우로 잡아 늘이던

거대한 손가락이 여자의 머릿속에서 하나씩 지퍼를 열어준다.

S#1

온몸이 하나의 혓바닥인 남자가 여자를 구부려 길을 만든다.

스치는 굴곡마다 이정표를 세운다.

그는 수도원을 지나 가시나무숲을 지나 산호섬을 지나

자궁을 지나 심장까지 핥는다.

S#2

비눗방울 속에서 아이들이 번식한다.

욕조로 진화한 어머니가 여자에게 향기를 대물림한다.

욕조에서 방류된 아이들이 비누 냄새를 타고 들어와

여자의 뇌를 빨아 먹기 시작한다.

S#3

구 층 꼭대기에서 일 층까지 흘러내리는 긴 머리의

노파가 돌계단에 서서 구 년째 노래 부르고 있다.

노래를 멈추면 사라지는 노파의 머리칼을 타고 오르내리며

여자는 그녀의 기타 속으로 들어가

그녀의 입으로 배설된다.

awakening

모래를 개어 식빵에 바른다.

여자는 자신의 몸에서 가장 허기진 지퍼를 열고

샌드위치를 집어넣는다. 盧, 怯, 至, 劫,

밸브

한 남자가 밸브를 잠근다. 만찬을 펼쳤던 푸른 불꽃이 손 안에 수거된다. 남자는 풍경의 생살을 천천히 씹으며 창문을 본다. 입 안에 수거된 살점들과 한 몸이 되어가는 동안, 겨우내 나비 떼처럼 달라붙었던 유리창의 성에가 텅 빈 눈 안에 고스란히 수거된다.

남자는 식탁 위에 흉터처럼 남은 빈 그릇들을 닦아놓고 그림자를 걷어 침대로 간다. 거울을 건너가려면 잠시 몸을 적셔야 한다. 암초에 엉켜 나부끼다가 뜯긴 비단풀처럼, 해면 위로 떠오른 그의 흰머리 몇 가닥이 기억 속으로 수거된다.

남자의 손가락을 지켜보며 소파에 걸터앉아 수군거리던 하얗고 검은 건반들이 하나하나 피아노 속으로 들어간다. 건반 위에서 첨벙대던 그가 뻗었던 수만 갈래의 손길이 되돌아와 눈이 스미듯 두 손 위에 녹아 들어간다.

남자는 침대에 엎드린다. 온몸을 바닥에 밀착하고 활주하기 시작한다. 창틈에서 식칼 같은 달빛이 날아와 그의 등에 날개

처럼 꽂힌다. 만삭의 피가 누출되기 시작하자, 벽에 걸려 있
던 시간이 내려와 신속하게 남자를 잠근다. 그 집의 유일한
불꽃이었던 남자가 어둠 속으로 안전하게 수거된다.

검은 수레바퀴

하늘은 포돗빛 대지는 산홋빛
그 사이를 거대한 수레바퀴가 달려가지

붉은 말이 뒤따라오자 장화를 벗어던지고
징검돌로 박힌 몇 개의 별을 으깨며 첨벙첨벙
칠흑의 강물을 끌고 달리지

별들의 파편을 밟으며 맨발로 뛰는 아이들을 지나
입이 지워진 사람들이 발바닥에 손금을 파는 마을을 지나

붉은 말이 뒤따라오자 목발마저 던져버리고
약국을 끌고 주유소를 끌고 사냥터를 끌고 공원묘지를 끌고

둥 둥 둥 둥 북을 울리며
둥 둥 둥 둥 떠다니지

멀리서 보면 무한한 허공을 종횡무진하는
한 점 먼지 알갱이

가까이 다가가면 혓바닥이 돌돌 말린 거대한 롤러

바퀴 자국마다 고이는 검보라색 핏물 웅덩이
물어뜯은 태양을 질질 끌고 다니는 바퀴살은
맹수의 송곳니처럼 눈부시지

하늘은 끝없는 포돗빛 대지는 끝없는 산홋빛
끝없는 그 사이를 수레바퀴가 달려가지
붉은 말의 꼬리를 물고 둥 둥 둥 둥 달려만 가지

검은 나비

하늘이 노래졌어요— 검은 나비는 몸이 무거웠어요— 지하 창고로 내려갔어요— 인기척에 놀란 뚱뚱한 어둠이 검은 자위로 꽉 찬 아흔 개의 눈을 떴어요— 문을 열자 늙은 산파는 일어나 뒤뚱거리며 눈과 귀를 덮었던 수만 마리의 하얀 벌레들을 쓸어내렸어요— 검은 나비는 젖은 이끼 위에 몸을 뉘었어요— 천장 가까이 등불처럼 걸린 창 너머로 남자의 눈이 반짝였어요— 남자의 팔은 자꾸 늘어나 집을 한 바퀴 돌고도 남았어요— 망치를 들고 구석마다 눈을 박고 있었어요— 검은 나비는 창문과 천장을 번갈아 응시했어요— 남자의 팔은 페인트칠을 서둘렀어요— 빨갛게 칠해줄까 노랗게 칠해줄까— 벽돌 틈에 낀 나비들은 말이 없었어요— 침묵의 분말처럼 벽돌 가루만 날렸어요— 가만히 비벼보니 비늘 가루가 묻어났어요— 나비들은 눈을 뜬 채 채색되는 중이었어요— 하늘에 떠 있던 거머리 떼가 달라붙어 창문을 빨아 먹기 시작했어요— 비는 내리지 않았어요— 페인트칠은 나비들을 삼키고 잘도 말라갔어요— 철계단이 아이스크림처럼 녹아 흘렀어요— 어둠의 주름진 손이 검은 나비의 몸에 촉진제를 꽂았어요— 비명이 터지자 애벌레가 쏟아졌어요— 지켜보던 남

자가 애벌레들을 산파에게 건네고 실신한 나비를 품에 안았
어요

못

철핀으로 종일 물고기 그림을 그린다는
모래언덕을 찾아 열차에 오른다
등에 진 불룩한 배낭에서 **못**들이 튀어나온다
삐죽빼죽 등을 타고 무거운 뿔이 돋는다

*

배운 솜씨로 멋지게 그린 물고기를
벽에 걸고 싶어
바람의 적당한 면을 고른다 쾅 쾅
바람의 적당한 틈을 고른다 쾅 쾅
못 박는다 쾅 쾅
휘두르는 망치 손잡이에 매달려
안간힘 쓴다 쾅 쾅
바람이 가볍게 밀어낸다
비뚤어진 **못**이 자꾸 튕겨 나와 못 박는다
바람이 짓무르도록 **못** 박는다 못 박는다

*

기다란 플랫폼으로 누군가 먼 곳에서
열차를 힘껏 박아 넣는다 육질의 홈
부서져 내리는 살점 가루들이 흩어져 계단을 오른다
배낭을 멘 등에서 녹슨 뼈들이 튀어나온다

계단을 오르는 사과나무

계단을 올라가네

한 계단 한 계단 흰색으로 칠하며 올라가네

첨벙첨벙 계단을 올라가네 미끌미끌 계단을 올라가네

갈기를 늘어뜨리고 밤늦게 약국을 다녀오는 계단

잠든 이빨로 질겅질겅 껌을 씹는 계단

난간에 앉아 계단을 쑥쑥 순산하는 계단

계단은 밟는 순간 지워야 하는 것이네

흰색 페인트는 어머니가 주고 간 유일한 유산

계단 틈에 웅크린 저것, 아

자기야 왜 그러고 있어 왜 발목을 붙잡는 거야

사랑하는 자기야 뿌리가 썩고 있어

나를 관통해줘, 자긴

내가 십 년 전에 잉태한 사과나무야

불룩한 배 속에서 사과즙이 출렁거리네

발목 아래로 흰색 바다가 출렁거리네

백태 낀 혀를 갈가리 찢어 만든 붓으로

계단을 칠하며 올라가네

층마다 단칼에 잘려 나간 하늘이 모서리 끝에서 덜렁거리네

무거운 몸뚱어리를 바다에 끌러 놓고

구름이 핑 도는 실핏줄만 남아

계단을 지워가네

한 계단 한 계단 흰색으로 칠하며 지워가네

첨벙첨벙 계단을 지워가네 미끌미끌 계단을 지워가네

나뭇결 머리에서 다시 계단이 생겨나네

계단 틈에서 다시 사과나무가 뿌리를 뻗네

공기무덤

이 길은 손바닥처럼 익숙합니다
구불구불 맴돌고 있지만 까마득한 양 끝이 뚫려 있는 용수
철의 길
지평선이 증거이고
가끔 하늘이 새어 길에 얼룩지고
바람이 들쑤시고 떠난 자리
처녀막처럼 찢어진 잎들 사이로 삐죽이 솟는 나무의 탯줄

두 귀를 주머니에 넣으며 길을 걷지요
소리의 유통기한은 파장이 닿는 동안만이죠
혀를 내밀어 공기를 핥아봅니다
알갱이들이 목젖을 타고 몸속으로 지푸라기처럼 흘러내려요
입속으로 묻어온 그을음을 따라가 보면
누군가 머리에 불을 지피고 있습니다
쿵쿵거리며 다가온 사람들이 차례로 서서
온몸에 달린 문고리를 하나씩 쥐어뜯고서 그의 몸뚱어리를
뚫고
공중으로 흩어집니다

이 길과 하늘 사이 빽빽한 공기알들은 그러니까 모두
혼적의 알들입니다
공기알들이 급류처럼 밀려와 내 몸도 하늘 끝으로 밀어붙일
테지요
진흙처럼 짓무른 손자국투성이의 몸

이 길은 거울처럼 고요합니다
텅 비어 맴돌고 있지만 까마득한 양 끝이 뚫려 있는 고무호
스의 길
정적을 할퀴는 개 짖는 소리는
이미 한곳으로 기운 발걸음을 몰아갈 뿐입니다
가녀린 몸으로 요동치는 고무호스를 본 적 있지요
한쪽 숨통을 수도꼭지에 박고
부풀어오는 울음을 다른 구멍으로 쏟아야 했던 버얼건 마당
가에서
두리번거리던 햇살이 고양이의 발톱에 물어뜯기던 날
호스의 기억은 절단된 수족에서 시작됩니다
자궁을 벌린 엄마와 배꼽을 벌린 태아가 나무껍질처럼 몸에

서 벗겨져 나가 공중을 떠돕니다

　내 몸의 비린 가시들을 핥으며 길을 걷지요
　가시들의 유통기한은 새살이 돋는 동안만이죠
　새살이 내장을 헤집고 혀를 뽑아 올립니다
　불을 지핀 사람들을 헤집고 문고리를 낚아 올립니다
　그들의 몸뚱어리를 뚫고 지나며 점 점 점이 됩니다
　이 길은 그러나 아무리 뺑소니를 쳐도 무덤 직전에만 다다
를 테지요
　빨갛게 벌린 눈 속에서만 살아지는 공기무덤, 진입하는 순
간 사라지는 공기무덤

하루치

하루치의 비가 내려요 하루치의 피가 도는 선인장들이 그녀의 살갗을 뚫어요 사막에서 레코드점을 운영하는 그녀가 폭죽처럼 터져요 레코드판이 되새김질하는 리듬을 따라 그녀의 젖은 손이 찢어져 풀풀 날려요 지하에 사는 당신도 모자를 벗네요 모자에 가려진 손풍금이 내장처럼 비어져 나왔네요 밤마다 모자를 갉아먹는 벌레들은 그녀가 키운 게 아니에요 당신이 몰래 기르던 빗방울들을 추궁해보세요 둥글고 낡은 음반을 구하기 위해 당신은 낙타를 깨우네요 사막에 당도한 당신은 그녀의 입 안에 하루치의 산소를 주입해주어요 당신의 혀끝에서 손풍금 소리가 나요 안락의자에 앉아 당신은 하루치라는 시를 쓰고 시집을 덮고 잠이 든 그녀는 글자를 읽을 줄 몰라요 천장을 타고 검은 비가 조금씩 흘러내려요 당신과 그녀는 노란 잠수함처럼 불타요 하루치의 풍경만을 방영하는 창문은 연작엔 관심없어요 하루치의 비 하루치의 숨결이 허리를 감아요 당신의 낙타가 젖어요 그녀의 사막이 젖어요 딱 하루 하루치의 방이 부슬부슬 타고 있어요

뫼비우스가 사라진 뫼비우스 맵

등 뒤에서 누군가 칼금을 긋는다.

갈라진 틈으로 차가운 액체가 흐르는 순간. 눈을 떠

창밖을 본다. 검붉은 암벽이 뒷짐을 지고 M의 눈을 들여다

보고 있다.

어릴 적에도 거대한 암벽은 늘

그의 이마를 짚어주며 요람을 흔들어주었다.

문드러진 귀. 꽉 다문 입술은 왁스를 바른 듯 번질거렸다.

어느 날.

학교에서 돌아온 그 앞에서 바이올린을 켜던 연주자가

눈을 뜬 채 죽었다. 란제리처럼 나부끼던

M의 귀에 바이올린 소린지 비명 소린지 구분이 안 가는

연주자의 마지막 발음이 새겨졌다.

그 후로 바이올린 활에 꿰인 사람들이 줄줄이

암벽 너머로 사라졌다. 네 발로 오르는 그들의

뒷모습. 그는 태연하게 때론 뭉클한 향수에 젖어 그걸 지켜

봤다.

간헐적으로.

그들이 두고 간 낡은 악보들이

핏물이 새는 벽을 타고 넘어왔다. 그때마다 벽 쪽으로 기운
그의 귀에 돋아나는 뿌얀 속잎을 뜯어냈다.

속잎은 자꾸 생겨났다. 바이올린 연주자들은 자꾸 사라졌고
그때마다 바이올린 소린지 비명 소린지 모를 그들의
마지막 발음. 그는 여린 속잎에 받아 적었다. 익숙해진

　　　　　짧고 둔탁하고 비릿한 발음으로.

이웃들에게 인사를 건네고
쉴 새 없이 연주를 들려줬다. K는 창문을 닫고.
손뼉을 치던 S는 모자로 코를 막고.
친절한 L은 그에게 권총을 내밀었다.
음표들이 뛰쳐나간 악보처럼 그의 속잎들은
귀를 덮기도 전에 뜯겼다.

　　　　　왼쪽 서랍.

권총으로 뜯어낸 속잎을 차곡차곡.
왼쪽 서랍에 넣어두기 시작했다. 마지막으로 뜯어낸
속잎에는 고물거리는 실지렁이들이 뒤엉켜 있다.
　실지렁이들은 서로 엉겨붙어 주름진 이마의 아기로 변신했
다. Opus 1.

배 속에 고래를 품은 여자, Opus 29.

두 눈의 용광로에서 끝없이 사슬을 뽑아내는 노인, Opus 73.
이윽고

네 개의 벽이 휘어져 원형극장처럼 빙 둘러앉았다.

오른쪽 서랍.

M은 오른쪽 서랍에 남은 탄알을 세어본다.

아침마다 서랍을 물에 비추어 보면 맑은 날과 비오는 날

셈이 맞지 않는 탄알들을 한데 뭉쳐

관자놀이를 향해 레퀴엠을 장전한다. 기억의 정육점에 매달
려 있는

사랑스런 육체들이여 안녕. 탕.

M의 앞다리 두 개가 밀폐된 영사막을 뚫고 반사적으로.

창밖으로 이어진 사다리를 기어오르기

시작한다. 암벽의 귀를 향한 마지막 발걸음.

경쾌하고 느슨하다. 수억만 개의

태양이 천천히 핥고 지나간 끈적한 귀.

끝없이 올라가.

온몸으로. 문드러진 암벽의 귓구멍을 쑤셔댄다.

지상에서 배운 최초의 발성법으로. 아—

두개골이 파열되듯

그는 급속하고 부드럽게 절벽 끝으로 밀린다. 캄캄한 절벽

아래로 붉고 따뜻한 안개가 낭자하다. 골짜기마다

바이올린 소리가 실지렁이처럼 뒤엉켜 있다. 발을

헛딛는다.

끝없는 추락.

M은 따뜻한 골짜기에 웅크리고 있다. 입을 오물거린다.

그의 몸 한 부위에 기다란 줄이 꽂혀 있다. 그 줄을 타고 내

려온

바이올린 선율이 비닐랩처럼 온몸을 감싼다.

그는 거꾸로 태아처럼 매달려 있다.

손 대신 두 개의 서랍이 팔 끝에 붙어 있다.

귀에서 여린 속잎이 돋아난다. 긴 여행이 시작된다.

이야기

천년의 하늘을 떠받친 은행나무가 있었는데, 촘촘한 가지 사이로 노란 버스가 걸려 있었는데, 나와 눈이 마주치자 그물로 짜여진 길 위로 노란 버스가 내려왔는데, 나는 노란 버스에 몸을 실었는데, 부리가 푸른 새가 핸들을 돌리고 있었는데, 버스는 불룩해진 배를 끌고 엉금엉금 허공을 건넜는데, 나는 창밖으로 고개를 내민 목이 긴 여자를 접어 트렁크에 넣고 의자에 천천히 몸을 풀었는데, 새의 날개에 그려진 노선표를 들여다보았는데, 개구리알 같은 눈알들만 다닥다닥 붙어 있었는데, 잠깐씩 문은 열렸고 사람들이 올라타 트렁크를 하나씩 안겨 주었는데, 그때마다 창밖으로 너무 멀리 고개를 내민 가장 긴 목을 꺾어 트렁크에 넣었는데, 은행나무 가지마다 목을 매단 아이들이 비명을 지르며 웃고 있었는데, 장난감 가게들은 귀를 막고 있었는데, 부리가 푸른 새는 핸들을 놓지 않았는데, 나는 차창으로 트렁크를 하나씩 내던지며 내릴 곳을 찾는 데 십 년을 써버렸는데, 길을 얽은 무수한 그물코는 올이 풀려도 눈에 띄지 않았는데, 노란 버스는 색도 바래지 않았는데, 이야기는 끝도 없는데,

닫히는 문: 지문 자국을 훔치려 허리를 굽힌 만삭의 계단, 나선형의 배 속에서 유영하는 새들
— 다음 정차역은 천 일 후에 도착합니다

손을 짚지 마시오

색채의 배합에 대한 연구

허 윤 진

이민하의 『환상수족』은 문(文)에 대한 자의식에서 출발한다. 이 시인의 첫 시집을 여는 시, 그러니까 시집의 문(門)이 되는 시에서는 언어의 고전적 지평에 대한 관심이 엿보인다. 文에 기대지 말라는 이 시의 경고는 반어적이게도 우리로 하여금 文이 무엇인가에 대해 강하게 의식하게 만든다.

'문'이라는 글자가 가지는 의미는 시대와 공간에 따라 다양하게 나타나겠지만, 그중에서 이 시집을 해석하는 일과 관련해 흥미롭게 여겨지는 한 가지 의미는 바로 '청색과 적색이 혼합된 상태', 그러니까 색채에 기반한 조형예술적 상태이다. 주(周)나라의 행정 직제와 직무에 관한 책인 『주례(周禮)』의 「동관고공기(冬官考工記)」편을 보면, 동관사공(冬官司空)에 속하는 여러 장인들의 직명 중에서 화회(畫繪)라는 직명이 눈에 띈다. 화회는 다섯 가지 색을 혼합하는 직업이다.[1] 화회가 창조하는 상태로는 다음과 같은 예들이 있다. "청색과 적색을 문(文)이라 하고 적색과 백색을 장(章)이라 한다."[2] 『주례』의 맥락에서 문장(文章)이라는 단어는 서로 다른 색채의 배합 방식으로 볼 수 있다.

문자의 이러한 의미를 참조해보았을 때 문장(文章)이 무엇인지를 탐구하고 보다 아름다운 문장을 만들어내기 위해 노력하는 존재인 시인은 화회(畵繪)에 비유할 수 있으며, 또 '색채'라는 추상적인 관념을 구체적이고 가시적인 형식으로 조명해내는 예술가라고 할 수 있다. 이민하는 첫 시집인 『환상수족』에서 조형예술적인 주제들에 천착하고 시각의 문제를 중시하는데, 이는 초현실주의적이고 현대적인 태도 대신 오히려 고전주의적인 태도의 문제로 해석할 수도 있다.

이민하가 현대 화가들을 인용하고 해석하는 것을 예술적 전위를 꿈꾸며 탈주하려는 욕망의 발로가 아니라 인간 정신 표현의 한 가지 전통을 관찰하려는 탐구로 보면, 그녀의 시가 사실 상당히 논리적인 구조로 되어 있는 것을 알 수 있다. 유대인들의 예언서를 보면 일상의 눈으로는 볼 수 없는 진정한 환상과 신비에는 해석을 위한 근거가 이미 마련되어 있다. 이민하의 시

---

1) "畵繪之史雜五色"(『周禮』, 十三經標準讀本: 2, 臺北: 世界書局, 1953, 277面: 지재희·이준영 역, 『주례: 제국 건설의 행정 직제와 직무 지침서』, 자유문고, 2002, p. 509).

2) "青與赤謂之文, 赤與白謂之章"(같은 책, 277面; 같은 책, p. 509).

에 해석의 근거가 없고, 시가 요령부득의 착란적 표현들로만 이루어져 있다면, 그녀의 시는 진정한 의미의 환상이라고 부를 수 없다. 그런 경우에 시는 망상이나 환각에 가까운 것이 될 테고, 최소한의 자율적 구조를 갖지 못한 텍스트는 예술의 차원에 귀속될 수 없다.

　이민하의 시는 어렵다기보다는 낯설게 느껴질 수 있다(일상 언어와는 다르게 느껴지는 낯설고 새로운 언어는 러시아 형식주의자들의 전언을 따르면 시적 언어의 본체이자 요건이다). 이런 낯선 느낌은 시인이 우리에게 익숙한 관습적 비유의 도식을 따르고 있지 않기 때문이다. 『환상수족』의 두번째 시인 「입구」를 보면 이 시에서는 나무가 있는 풍경이 묘사된다. 그런데 직유이든 은유이든, 서정시에서는 자연적 대상과 그것을 바라보는 인간의 관계에 있어서 자연적인 요소가 인간과 관련된 요소에 비유되는 경우가 많다. 즉, 시인이 바라보는 세계가 시인의 시선을 통해 시인이라는 한 인간의 내부로 편입되는 것이다. 「입구」에서 "드문드문 떨어져 나온 나무껍질 같은 손바닥들"과 같은 구절은 관습적인 경우라면 "드문드문 떨어져 있는 손바닥 같은 나무껍질들"로 비유되었을 것이다. 관습적으로 바꾸어본 비유는 대부분의 사람들이 대상과 대상의 관계에 있어 일차적으로 연상하게 되는 친숙한 세계를 가리키고 있다. 이 시의 후반부에서는 한 남자가 나무의 몸통 속으로 자신의 머리를 밀어 넣어 거꾸로 서는 장면이 나온다. 황지우의 「겨울―나무로부터 봄―나무에로」에서 추위 속의 나무가 "대가리 쳐들고" "두 손 올리고 벌받는 자세로 서" 있는 인간적 형상으로 비유되는 것³⁾과는 정반대 방향의 인식론적 벡터를 보여준다.

시인의 의식은 자연을 감싸 안는 대신 자연 속으로 빠져 들어간다. 인간적인 것은 자연적인 것에 세차게 빨려 들어간다. A를 B에 비유하는 일과 B를 A에 비유하는 일은 동일한 일로 보일 수 있다. 그러나 시는 수식이 아니어서, 시에서는 'A=B'와 'B=A'가 같지 않다. 이민하의 시에서는 자연을 인간이라는 틈으로 빨아들이는 대신 인간이 자연이라는 광막함 속으로 빨려나가는데, 별것 아닌 것으로 여겨지거나 자칫 간과되기 쉬운 이 '자리바꿈'의 시적 기법은 시를 매우 이질적이고 생경한 환각처럼 보이게 만든다. 사실 시인의 인식은 상당히 논리적이고 명료하며, 시인이 자신의 시를 해석의 근거를 내포한 정밀한 환상으로 축조하고 있는데도 말이다.

시를 비롯한 예술에서 중요한 것은 텍스트의 내용이 어째서 현재의 형식으로 표현되고 있는가 하는 문제일 것이다. 어째서 비유의 항들은 관습적인 자리 대신 다른 자리에 기입되어 있는가? 인간으로서의 시인이 대상을 자기 쪽으로 불러들여 규정할 수 있는 권리를 포기하고, 대신 대상 쪽으로 달려가 산포(散布)되려 하는 것은 그녀가 지극히 타자 지향적인 존재라는 것을 알

---

3) 황지우, 「겨울―나무로부터 봄―나무에로」, 『겨울―나무로부터 봄―나무에로』, 민음사, 1995, p. 67. 나는 이 시의 제목을 '겨울―나무로부터 봄―나무에(게)로'로 잘못 기억하고 있었다. 이 조사의 문제는 사실 중요하다. 황지우는 나무를 의인화하고 있지만, 조사를 쓸 때에는 나무를 인격적인 대상이 아닌 사물로 대하고 있다. 이러한 인식은 조사 '―에게'와 '―에'의 잠재적 대립으로 나타난다.

려준다. 이것은 인간으로서나, 예술가로서나, 학습과 훈련을 통해서는 얻을 수 없는 능력이다. 흉내는 낼 수 있지만 완성할 수는 없는 능력이다. 타자를 향해, 타자 안에서 사라져버리는 것은 일종의 자살이고 자발적인 죽음인데, 모든 인간이 이러한 선택을 할 수 있는 것은 아니다. 능동적인 자기 부정과 자기 소멸이 가지는 역사적 희소성은 시인의 존재를 고상하고 고귀하게 만든다.

이제껏 본 적 없는 아름다운 문장을 만들어내고자 하는 화인(畵人)과 회인(繪人)은 자신의 직업적 목표를 위하여 어떤 길을 선택할 수 있는가? 『환상수족』에서 눈을 교체하는 행위가 처음부터 끝까지 빈번하게 나타나는 것은, 시인이 대상 쪽으로 자신의 시선을 이동하고 자신의 관점을 포기하기 때문이다.

이민하가 2003년 10월 10일, 여러 시인들과 함께 참여했던 일종의 낭독 퍼포먼스인 〈읽기의 방식전〉(홍대 쌈지스페이스)과 관련된 작품인 「20031010」에는 타자를 지향하는 감각 통로로서의 눈이 형상화된다. 이 작품에는 두 쌍의 눈이 나온다. "숨쉬는 눈"과 "숨죽인 눈" 그리고 "상처 난 눈"과 "상상하는 눈". 호흡은 바깥의 공기를 안으로 받아들이고 안의 공기를 밖으로 내보내는 일종의 경제구조라고 할 수 있다. 따라서 눈은 숨을 쉬고 숨을 죽임으로써 경제적이기도 하며, 경제적이지 않기도 한 기관이다. 그리고 상처 난 눈과 상상하는 눈의 쌍으로 보자면 눈은 파괴되기도 하며 창조하기도 한다. 아니, 부정적인 것이라 하더라도 무언가가 생기기도 하며 무언가를 세계에 주기도 한다.

시집 전체에서 보면 이민하의 눈은 유리, 거울, 얼음, 화면 등의 계열체를 가진다. 이민하의 눈이 독특한 이유 중의 하나는 이 감각의 처소가 무언가를 일방향적으로 보고 인식하는 장소라기보다는 그 장소에 찾아오는 형상을 그대로 받아들이고, 그 형상을 이미지로 내보내는, 비유적인 임신―출산의 장소라는 점이다. 그러니까 그녀의 시각은 매우 수동적이면서도 창조적인 독특한 감각인 것이다. 예컨대「뫼비우스가 사라진 뫼비우스 맵」에서 묘사되는 어떤 노인은 "두 눈의 용광로에서 끝없이 사슬을 뽑아"낸다. 눈은, 외부로부터 도래한 요소를 용해하고 정련하여, 틈이 있으면서도 튼튼하고 강한 사물을 만들어내는 제철소의 폭발적인 열기를 가진다.

제작의 정신을 가진 시인은 제작을 하는 장인(匠人)으로서의 자기 자신에게 가장 엄격하다. 그녀는 자신이 살았던 순간들을 영원에 가깝게 기억하는데, 항상 자신에 대해서 객관적인 거리를 가지고자 한다. 그녀는 시선의 통제인이 되지 못한다. 순간순간 대상의 향방에 따라 재편되는 시선은 감각 기관으로서의 눈을 복수(複數)로 만든다. 내 눈들은 나를 취재하고 나에 대해 증언할 것이다(「사진놀이」). 눈의 변형체인 거울을 들여다보는 행위는 우물과 거울을 들여다보았던 옛 시인의 관조와 반성처럼 고상하고 아름답지 못하다. 일종의 탄생 설화로도 읽히는「한 아이가 거울을 보며 울고 있네」에서처럼 거울을 들여다보는 행위, 즉 커다랗게 커진 눈, 자신에게만 거대하게 보이는 확대경을 갖는 행위는 수치와 두려움에서 비롯된 울음으로 이어진다.

시인은 자신을 재현할 때 '울음'이라는 육체적이고 비루해 보이는 행위를 택하고 있지만, 사실 울음은 인간의 가장 연약한 내적 지대에서 용출(湧出)하는 강력한 에너지이다. 나는 그 강력한 행위-힘의 소산인 눈물을 영혼의 링거액이라고 부르고 싶다. 눈물은 눈에서 솟아나는, 영혼의 기분 좋은 온천(溫泉)인 것이다. 눈이 꽝꽝 얼어 있는 상태, 마음이 동토(凍土)가 된 상태에서라면 눈물은 흐르지 않을 것이다. 이민하의 시에서 눈은 보통 유리나 얼음, 화면 등 고체의 상태로 가정되곤 한다. 그러다 예상치 못한 계기들에 의한 해빙(解氷)의 결과로 눈에서 눈물이 흐르기 시작한다. "눈알에서 얼음물을 뚝뚝 흘리"는 사람(「들어가는 사람」)은 영혼의 온도가 낮을 수 없다.

눈물을 흐르게 하는 사람, 그래서 타자들의 상(像)이 맺히는 눈의 부피를 증가시키고 눈의 표면을 넓히는 사람의 대표적인 형상은 바로 연인이다. 「안경을 벗은 당신,」에서 안경을 벗은 연인의 눈은 양파로 비유된다. 왜 양파인가? 연인의 눈은 중국 상자처럼, 마트로시카 인형처럼, 무수한 내가 담기는 장소이다. 그의 눈에 비친 이미지들이 모두 나의 것이기를 나는 바란다. 다시, 연인의 눈은 왜 양파인가? 그의 눈을 바라보고 그와 과도하게 가까워짐으로써 나는 모종의 자극에 노출된다. 그리고 무력하게도 나는, 비교적 견딜 만한 고통과 슬픔의 상태에 자주 빠지게 될 것이다. 그는 내게 눈물을 흘리게 한다. 연인의 눈이 내 존재의 가장 연약하고도 완고한 지대를 비추어 녹이기 때문이다.

빙점(氷點)을 넘어선 따뜻한 날씨, 얼어 있던 물이 (다시) 흐르는 날씨는 사랑의 일기(日氣)이다. 연인의 눈에서 시작된 물의 순환은 자연 현상으로서의 비로 예시되기도 한다.

밖에는 비가 내리고 있습니다
우산들이 눈망울을 뚝뚝 떨구며 또각또각 층계를 내려옵니다
——「꿈꾸는 지하철 3호점」 부분

눈과 물의 친연성 때문에, 우산에서 흐르는 것이 빗방울이 아닌 눈망울이라는 돌연한 표현은 충분히 납득할 만한 것이 된다. 그런데 이 시인이 세계의 습도에 유난히 관심이 많은 데에는 보다 중요한 이유가 숨겨져 있다. 그것은 그녀의 연인이 어족(魚族)의 일원이기 때문이다.

『환상수족』이 나온 2005년, 두번째 시집 『음악처럼 스캔들처럼』이 나온 2008년, 그리고 세번째 시집 『모조 숲』이 나온 2012년 사이에, 그리고 지금까지, 그녀는 어떤 사람들을 만났을 것이다. 그녀가 조형한 연인의 비유적 형상들이 실제로 어떤 지시 대상(들)을 가지는지 나는 알 수 없다. 아니, 시가 결국 내 자신이 예상하고 계획했던 말을 벗어난 돌연한 말과 대면하는 과정이라고 했을 때, 우리가 보게 되는 언어의 재 속에는 연인의 몸이 남아 있지 않다. 우리가 읽을 수 있는 것은 몇 가지의 사후적인 색채일 따름이다. 사실의 단서를 수집하려 하는 얼

치기 탐정이 되는 우는 피하기로 하자. 중요한 것은 이민하가
세 권의 시집을 모으면서, 자신의 연인(들)을 크게 세 부류의
자연적 대상들로 형상화했다는 점이다. 그녀의 연인은 어류(魚
類)와 조류(鳥類), 그리고 수목류(樹木類)의 형상을 띤다.

『환상수족』에서 시인에게 태초의 연인이 되는 존재는 어류에
속한다. 「물고기 연인」이라는 명시적인 표제를 가진 시편에서
볼 수 있듯이 말이다. 그녀가 그를 쓰다듬을 때 만지게 되는 것
은 그의 "지느러미"다.

　　　그는 오늘도 내가 준 지폐에 노란 매니큐어로 편지를 쓴다
　　　넥타이를 매다 말고 나는 연인의 지느러미를 만져준다
　　　　　　　　　　　　　　　　　　　　　——「물고기 연인」 부분

그녀가 입맞춤을 나누었을 애인의 혀가 하필이면 '비릿하게'
느껴지는 것(「토마토」) 역시 연인이 가지는 어류로서의 속성 때
문일 것이라고 추측해볼 수 있다. 눈의 변형체인 티비가 수족관
과 이미지 상 교환되고 결합될 수 있는 것도 시인의 삶이 연인
의 수중 세계에 잠겨 있기 때문이다.

　　　이끼로 뒤덮인 축축한 티비가 있네
　　　종일 생중계되는 수족관이 있네
　　　　　　　　　　　　　　　——「안개거리와 빵가게 사이」 부분

「물고기 연인」에서도 어류로서의 연인은 학교로 대표되는 제도로부터 자유로워지려 하고, 중력을 부력(浮力)으로 극복하려는 존재였다. 『환상수족』에서부터 『모조 숲』에까지 나타나는 또 다른 연인의 이미지인 새 역시도 중력을 극복하려는 존재이다. 연인으로서의 어족이 눈물의 심상 속에서 산란(産卵)된 이미지라면, 연인으로서의 새는 시인 자신의 나르시시즘 속에서 부화된 이미지이다.

『환상수족』의 「앵무새 一家」나 「새장 속의 혀」를 보면, 시인 자신은 새의 가계에 속해 있다. 사춘기가 된 딸은 성장통을 날갯죽지에서부터 느끼고, 딸을 교육하는 아버지는 소파 대신 새장을 자신의 휴식처로 삼는다(「앵무새 一家」). 시인은 자신이 새라고 직접적으로 고백하는 대신, 모자가 아닌 새장을 머리에 쓰고 다니는 우스꽝스러운 귀부인─새로 자신을 형상화한다(「새장 속의 혀」). 세번째 시집인 『모조 숲』에서 시인은 자신의 뮤즈인 연인을 흉내 내는데, 그 흉내라는 것도 깃털을 머리에 꽂고 새장 안에 들어가 있는 일일 따름이다(「뮤즈라는 새」, 『모조 숲』).

「사각의 눈」에서 연인으로서의 이카루스는 중력을 이기는 날개가 없으면 그녀에게 아무런 의미도 가질 수 없는 존재이다. 이카루스─새의 비상은 아무런 제약과 압박 없는 가벼운 초월이 아니라, 그녀를 심리적으로 책임지기 위한 생활형의 노동이다. 부력을 받지 못하는 물고기와 중력을 거스르지 못하는 새는, 그녀에게 곧 매력적이지 않은 대상이 된다.

그는 나를 부르기 위해 종일 쫓아다녀요 나는 그를 버리기 위해
종일 쫓아다녀요 서로의 앞모습은 볼 수 없어요

　　　　　　　　　　—「哀人—관계에 대한 고집」 부분

　그는 그녀를 부르고 그녀는 그를 버리기 원하는 이 서글픈 결
렬. '부르다—버리다'라는 동사의 쌍은 음운론적인 유사성에도
불구하고 형태와 의미상으로 분명한 차이를 가진다. '관계에 대
한 고집'이라는 부제가 붙은 연작은 『환상수족』뿐만 아니라 그
다음 시집인 『음악처럼 스캔들처럼』에서도 이어지는데, 그중
「가든파티—관계에 대한 고집」에서 연인들의 엇갈림은 아예
극적인 대화로 구성된다. 두 줄만을 인용해도 관계의 비극적인
속성은 너무나 선명하게 드러난다. 두 개의 목소리는 음악적으
로는 유사하지만 의미적으로는 상반되는 대화를 나눈다.

　너무 맛이 써.
　　　그래 맛있다고 했잖니.
　　—「가든파티—관계에 대한 고집」 부분, 『음악처럼 스캔들처럼』

　연인의 존재가 가져온 간빙기의 화창한 날씨와 습도를 만끽
했던 그녀는 스스로 한 마리의 새로서, 자신의 자유가 침해되는
상황을 견딜 수 없게 된다. 물고기와 새는 어항에서도, 새장에
서도, 함께 살 수 없다. 문제는 장소가 아니다. 세계의 습도는

새의 깃털을 무겁게 만드는 원망의 대상으로 전환되고, 새는 수중 세계에 공격적인 태도를 취한다.

> 알바트로스는 노래를 부르며 어둠이 새어 나올 때까지 물결을
> 물어뜯네
>
> ──「노란 약을 파는 가게」 부분

같은 종족은 어떤가? 새와 새는 비좁은 새장에서 다툰다. 부류도 본질적인 문제는 아니다. 그렇다면 자유를 갈망하며 공존을 꿈꿀 수 있는 존재는 어떤 모습으로 나타나는가? 『모조 숲』에서 시인이 가장 정열적인 사랑을 느끼는 연인은 수목(樹木)의 세계로 형상화된다.

> 햇빛에 타오르는 나무 하나가 거대한 성냥불처럼 이마를 덮쳤
> 네 거리는 나무들로 넘쳤고 밤에도 햇빛을 개발했네 타오르는 잎
> 들이 차례로 얼굴을 훑었네 두 뺨에 불이 붙었네
>
> ──「나무 시절」 부분, 『모조 숲』

한 번 시작된 화염은 걷잡을 수 없이 번져간다. 감정의 화재는 진화될 수 없는 것이다. 이 시에서 시인이 이성을 찾는 것은 감정이 진화되어서가 아니라, 자신의 열정이 사랑의 대상을 소진시킬 것에 대한 두려움 때문이다. 그녀가 물가에 있었던 것은 물고기로서의 연인이 아닌 나무와 숲으로서의 연인이 올 것을

예감했기 때문인지도 모른다. 그가 설사 실존 인물이 아니라고 하더라도 말이다.

수목으로서의 연인은 시인에게 큰 평화와 안식을 준다. 연인과의 결혼식은 소박한 호밀밭에서 진행된다. 정제되지 않은 거친 느낌이 살아 있는 호밀꽃이 그녀의 부케가 된다(「모조 숲—길」). 거친 나무껍질을 닮은 그가 즐겨 입는 옷은 낡은 스웨터다. 시인은 아름답게도 스웨터의 "보풀이 꽃가루처럼 날린다"고 노래한다(「숲의 계단」, 『모조 숲』). 설령 그의 스웨터에서 나프탈렌 냄새가 난다 해도, 그녀는 그 냄새를 그리운 향기로 받아들일 것이다.

이민하가 상재한 가장 최근의 시집인 『모조 숲』에는 '모조 숲'이라는 동명 표제에 각각 길, 말, 잠, 숨이라는 부제가 붙은 시 네 편과 부제가 없는 「모조 숲」 한 편이 수록되어 있다. 시집의 마지막 시이기도 한 「모조 숲」에는 앞선 네 편의 시들이 일부 반영되어 있다. 시편들의 선후 관계를 정하기는 쉽지 않지만, 어쨌든 이 시편들에서 숲은 마치 마법의 잠처럼, 죽음에 가깝다는 것을 알면서도 어쩔 수 없이 빠져들게 되는 어둑한 세계이다. 말이 가로질러 달려가는 그 숲은 그녀에게 사실은 덫과 같은 죽음의 통로인 것 같다.

숲을 나오면 숲은 사라진다.
나는 바닥에 목을 내려놓고 누워 있다.
말 한 마리가 숲 속을 달린다.

말굽 소리가 내 목을 끌고 간다.

―「모조 숲」 부분, 『모조 숲』

　　말굽에 매달린 채 땅에 함부로 끌려가는 형벌을 받고 있는 처녀처럼 보이는 시인은 숲의 기억과 관련된 소리만으로도 기억에 무력하게 연루된다. 그녀는 왜 그토록 숲의 세계에 매료되었(었)나? 바슐라르는 『공기의 꿈』에서 상승하려는 의지의 이미지로 나무를 형상화했고, 새는 나무가 가진 상승적 의지의 변형이라고 보았다. 즉, 새는 비유컨대 비상의 꿈을 성취한 가지라고 할 수 있다.[4] 비상을 도모하는 자로서의 시인은 사실 숲의 연인과 동일한 꿈을 가지고 있다. 그러나 다시 바슐라르를 따르면, 시인은 나무의 가지가 아닌 뿌리가 가지는 하강의 욕망, 깊은 죽음과 침잠의 기미[5]를 외면했던 것은 아닐까. 양가적 세계로서의 숲에는 이미 파국과 종말의 가능성이 싹터 있었던 것이다. 숲은 최대한의 자유를 보장하는 것처럼 보였지만, 실상은 또 하나의 거대한 새장이었다. 그리고 그곳에서 고양이들은 호밀꽃 부케를 먹어치웠다(「모조 숲 ― 길」).
　　조금은 쓸쓸한 로드무비 같은 여정을 따라갔다가, 우리는 다시 최초의 세계로 돌아와 본다. 혹시 이 낡고 친숙한 집에서 삶

---

4) 가스통 바슐라르, 『공기와 꿈』, 정영란 옮김, 이학사, 2000, pp. 379~80. D. H. 로렌스의 『무의식의 환상 Fantasia of the Unconscious』에 나타나는 새―나무 이미지에 대한 가스통 바슐라르의 인용 및 해석 참조.

5) Gaston Bachelard, *La terre et les rêveries du repos*, Paris: José Corti, 1948, pp. 291~92.

의 총체적 가능성을 다시 회복할 수는 없을까? 『환상수족』에는 이미 비상하는 존재로서의 시인이 숲으로서의 남성적 세계에 속할 때, 두 존재 모두 처형에 가까운 상황에 놓인다는 것을 표현한 시구가 있었다.

절벽 끝 날개를 파닥이며 거꾸로 매달린 여자와
바다를 밟고 선 세쿼이아처럼 목이 늘어난 남자
——「램프」 부분

화회. 색을 섞어 문장을 만드는 시인은 색채를 창조하는 사람이다. 레비나스 식으로 말하면, 그녀는 다른 윤리적 존재들과 마찬가지로 자신의 직분에 책임을 다함으로써 타자와의 계약—의무에 응답하게 된다. 결국 타자와의 사랑에서 궁극적으로 중요한 것은 감정을 넘어선 성실성이 아닐까. 그리고 타자가 가져다줄 나의 유익을 모두 포기하고, 타자를 위해 나를 희생하는 고상한 희열이 아닐까. 예술적 창조자로서 그녀가 완수하는 일을 가장 잘 이해하는 존재는 『환상수족』에서 수리공 K의 형상으로, 나아가 절대적인 남자의 형상으로 나타난다.

「세상에서 하나뿐인 수리공 K의 죽음—8요일」에서 수리공 K는 마치 창조주의 신을 모방하는 듯이 산책을 하고, 세계의 도면을 만들고, 이어서 손수레, 길, 집, 문패를 만든다. 6일 동안 세계를 만든 그는 7일째 되는 날 세계의 무너진 부분들을 눈물이나 갈비뼈, 살가죽 같은 자신의 육체로써 보수하고 수리한다. 즉, 수리공은 자신의 존재를 걸고 자신을 희생하여 이 세계의 수명을 연장하는 존재고, 그는 시인의 과업을 이해할 이상적인 존재의 예표(豫表)다.

개인적으로 『환상수족』에서 가장 아름다운 시편으로 들고 싶은 「검은 나비」에서, 그 예표적 형상은 비로소 완전한 이름을 갖게 된다. 그는 '남자'이다. 암흑이 충만한 집에서 나비는 해산(解産)이 임박해 있다. 창문이 등불처럼 걸려 있을 뿐, 빛이 없는 공간에서, 남자의 눈은 램프처럼 빛난다. 집을 두르는 그의 팔은 마치 부정한 것을 막아주는 금줄과도 같다. 그의 섬세한 배려가 혹시 감시와 훈육은 아닐까? 그런 의심을 하기에는 시에서 남자가 수행하는 일들이 시인 자신이 아끼는 창조적인 일들과 너무나 닮아 있다. 그는 나비의 날개에 페인트로 붉고 노란 색을 입혀주는 사람이다. 그리고 그 무엇보다도, 나비가 애벌레들을 낳는 순간, 그는 나비가 창조한 결과물을 거둬들이는 대신, 창조의 고통과 피로로 실신한 나비를 받아 안아 그녀에게 집중하는 유일한 존재이다.

시인이 창조하고 있는 연인의 모든 형상들을 초월하여 사랑의 실재가 되는 유일한 존재는, 바로 이 남자이다. 그의 존재에 이르러, 남자는 더 이상 일반명사가 아닌 고유명사가 된다. 부류의 차원에서도, 공간의 차원에서도 해결되지 않았던 사랑의 문제는 존재의 차원에서 비로소 해결된다.

이민하는 「토크─쇼──관계에 대한 고집」에서 관계를 논하면서 독특하게도 '연구'라는 단어를 쓴 바 있다.

내가 기다리는, 내가 연구하는, 내가 연구하면서 기다리는 관
계는 이런 의미로서의 관계가 없는 관계이지요.

　　　　　　　　　　　—「토크—쇼——관계에 대한 고집」 부분

어떤 대상을 기다리고 연구하는 것은 그 대상이 현존하지 않
으며, 그 대상에 대해 주체가 알고 있는 것이 희박한 상태임을
전제한다. 대상의 의미는 아직 비어 있다. 그렇기 때문에 역설
적이게도 기대와 연구라는 희망적인 행위가 가능한 것이다. 연
구라는 단어에서 이민하가 매우 지적인 시인이며 성실하고 인내
심이 있는 사람이라는 것이 매우 분명하게 드러난다. 이민하는
시인으로서, 앞으로 모든 공백과 부재에 대해 지독하게 과학적
으로 연구할 것이다. 괴테는 여성적인 것이 우리를 구원할 것이
라고 했다. 나는 이민하의 눈으로 괴테를 다시 인용하여, 진정
으로 남성적인 것이 여성을 구원할 것이라고 말하고 싶다. 그렇
게 믿는다. 연구할 것이다.

  1975년 출범하여 오늘까지 이어져온 '문학과지성 시인선'이 독자들의 사랑과 문인들의 아낌 속에 한국 현대시의 폴리스Polis를 이루게 된 사실은 문학과지성사에 내린 지복이기도 하지만 동시에 한국시를 즐겨 읽는 독자들에겐 '상리공생(相利共生)'의 사안이기도 하다. 왜냐하면 한국시의 수준과 다양성을 동시에 측량할 수 있는 박물관의 역할을 이 시인선이 해줄 수 있기 때문이다. 요컨대 여기는 한국시의 '레이나 소피아Reina Sofia'이다. 시의 '뮤제오 프라도Museo Prado'가 보이지 않는 게 아쉽긴 하지만.

  그러나 '문학과지성 시인선'이 현대시의 개성들을 다 모아놓고 있다고 오연히 자부할 수는 없다. 시인선의 편집자들이 한국어의 자기장 내에서 발화하는 시의 빛점들을 포집하기 위하여

고감도 안테나를 드넓게도 촘촘히도 작동시켰다 하더라도, 유한자 인간의 "앨쓴"(정지용, 「바다」) 작업은 빈번히 누락과 착오로 인한 어두운 그늘들을 드리워놓기 십상이기 때문이다. 환상과 우연의 힘들은 완전하고자 하는 의지를 김 빼는 한편, 우리의 울타리 바깥에서도 시의 자치구들이 사방에 산재해 저마다 저의 권역을 넓혀나가고 있다는 사실을 확인케 해 새삼 우리를 겸허한 반성 쪽으로 이끌고 간다.

모든 생명적 장소가 그러하듯이 시의 구역들 역시 활발한 대사 운동 끝에 팽창과 수축을 거듭하면서 크게 자라기도 하고 소멸되기도 한다. 때로는 구역의 진화와 시의 진화가 심히 어긋나는 때가 있으며, 그중 구역은 사용을 멈추었는데 시는 여전히 생생히 살아 있을 경우야말로 애달픈 인간사 그 자체가 아닐 수 없다. 외로 떨어진 시 덩어리는 우주선과 잡석들이 빗발치는 망망한 말의 우주의 유랑자의 위상에 처하게 되고 갈 곳 모른 채 표류하다가 서서히 소실의 검은 구멍 속으로 빨려 들어가거나 완벽한 정적의 외진 구석에 유폐된 채로 그 자리에서 먼지로 화할 수도 있을 것이다.

실로 한국 현대시 100년을 경과하면서 역사의 무덤 속으로 들어가기를 거절하고 삶의 현장에 현존하고자 하는 의지를 내뿜는 시뭉치들이 이곳저곳에서 출몰하는 횟수를 늘려가고 있었으니, 특히 20세기 후반기에 출판되었다가 다양한 사연으로 절판되었거나 출판사가 폐문함으로써 독자에게로 가는 통로를 차단당한 시집들의 사정이 그러하여, 이들이 벌겋게 단 얼굴로 불현

듯 우리 앞을 스쳐 지나갈 때마다 우리는 저 시뭉치의 불행과 저들과 생이별하여 마음의 양식을 잃은 우리의 불운을 한꺼번에 안타까워하는 처지에 몰리게 된다.

그리하여 우리는 '문학과지성 시인선' 내부에 작은 여백을 열고 이 독립 행성들을 우리 항성계 안으로 모시고자 한다. 이는 '시인선'의 현 단계의 허전함을 메꾸기 위함이요, 돌연 지구와의 교신망을 상실한 시뭉치에 제2의 터전을 제공하기 위함이요, 독자의 호시심(好詩心)에 모자람이 없도록 하고자 함이니, 이 삼중의 작업을 한꺼번에 이행함으로써 우리는 한국시에 영원히 마르지 않을 생명샘의 가는 한 줄기가 될 수 있기를 소망한다.

이 작업을 통해서 우리는 옛것의 귀환이라는 사건을 때마다 일으킬 터인데, 이 특별한 사건들은 부족을 메꾸는 부정―보충적 행위를 넘어 새로운 시의 미각적 지대, 아니 더 나아가 새로운 정신적 지평을 여는 발견적 행동이 되고야 말리라는 것을 확신하는 바이다. 우리가 특별히 모실 이 시집들의 숨겨진 비밀이 워낙 많다는 뜻을 이 말은 품고 있거니와, 진정 이 시집들은 처음 세상에 모습을 드러내었던 당시 독자를 충격했던 새로움을 보존할 뿐만 아니라 같은 강도의 미지의 새 새로움의 애채를 옛 새로움의 나무 위에 돋아나게 해줄 것이 틀림없다. 그리하여 독자는 시오랑E. M. Cioran이 언젠가 말했듯 "회상과 예감réminiscence et pressentiment이 반대 방향으로 멀어지기는커녕, 하나로 합류하는"(「생-종 페르스Saint-John Perse」, 『예찬 실습Exercises d'admiration』in 〈저작집Œuvres〉, Pleiade/Gallimard, 2011)

희귀한 체험을 생생히 누리리라 짐작하거니와, 이 말의 주인이 그 체험의 발생주체로 예거한 시인을 가리켜 "모든 시간대에서 동시대인으로 존재하는 사람un contemporain intemporel"이라고 말했던 것과 마찬가지로, 이 체험의 신비함이야말로 모든 시간대에서 최고의 신선도로 독자를 흥분케 할 것이다.

그렇긴 하지만 우리는 이 재생의 사건들을 특별히 꾸리는 별도의 총서는 자제하였다. 그보단 우리의 익숙한 도서인 '문학과지성 시인선' 안에 포함시키고자 하는데, 우리의 '시인선' 자체가 늘 그런 신비한 체험을 독자들에게 제공해주기를 기대하기 때문이다. 다만 아주 시치미를 떼어서 독자를 정보의 결핍 속에 방치하는 우를 범할 수는 없는 연유로, 처음부터 시작하는 번호에 기호 R을 멜빵처럼 감쳐서, 돌아온 시집임을 표지하고자 한다. R은 직접적으로는 복간reissue의 뜻을 가리키겠지만 방금의 진술에 기대면 이 귀환은 곧 신생과 다름이 없어서, 반복répétition이 곧 부활résurrection이라는 뜻을 함축할 뿐 아니라 더 과감히 반복만이 부활을 가능케 한다는 주장까지 포함할 수 있을 것인데, 그 주장이 우리 일상의 천편일률적이고 지루하고 데데한 반복을 돌연 최초의 생의 거듭남으로 변신시키는 마법의 수행을 독자들에게 부추길 것을 어림한다면, 그것은 아무리 되풀이 강조되어도 지나치지 않을 것이다. 더욱이나 어느 현대 시인은 "R이 없어서, 죽음은 말 속에서 숨 막혀 죽는다 *Privé d'R, la mort meurt d'asphyxie dans le mot*"(에드몽 자베스Edmond Jabès, 『엘, 혹은 최후의 책*El, ou le dernière livre*』,

1973)는 촌철로 언어의 생살을 도려내었으니, R을 통해서만 언어는 존재의 장식이기를 그치고 죽음조차 삶의 운동으로 되살리는 것이다.

그러니 '문학과지성 시인선'의 새로운 R의 행렬 속에서 우리가 독자들에게 바라는 것은 이 한 글자의 연장이 무엇이든 그 안에 숨어 있는 한결같은 동작은 저 시인이 암시하듯 숨통 터주는 일임을 상기해달라는 것이다. 이 혀를 안으로 마는 짧은 호흡은 곧이어 제 글자의 줄이 초롱처럼 매달고 있는 시집으로 이 목을 돌리게 해, 낱낱의 꽃잎처럼 하늘거리는 쪽들을 흔들어 즐겁고도 신기한 언어의 화성이 울리는 광경을 마침내 목격하고 청취하는 데까지 당신을 이끌고 갈 수 있을 터이니, 그때쯤이면 이 되살아난 시집의 고유한 개성적 울림이 시집에 본래 내재된 에너지의 분출이면서 동시에 그것을 그렇게 수용하고자 한 독자 자신의 역동적 상상력의 작동임을 제 몸의 체험으로 느끼게 되리라.

㈜**문학과지성사**